CARRÉ NOIR

COLLECTION SÉRIE NOIRE
créée par Marcel Duhamel

Nouveautés du mois

1942 — C'EST DU DÉLIRE...
(FREDRIC NEUMAN)

1943 — AUTOPSIE D'UN MENTEUR
(JONATHAN VALIN)

1944 — LA NUIT CANNIBALE
(MICHAEL JAHN)

1945 — MEURTRES POUR MÉMOIRE
(DIDIER DAENINCKX)

DASHIELL HAMMETT

Papier tue-mouches

POSTFACE
DE LILLIAN HELLMAN

TRADUIT DE L'AMÉRICAIN
PAR J. HÉRISSON ET H. ROBILLOT

nrf

GALLIMARD

Titre original :

FLY PAPER

PAPIER TUE-MOUCHES

(Fly paper)

Il s'agissait d'une affaire de fugue.

Les Hambleton étaient depuis plusieurs générations une famille de New York fortunée et relativement en vue. Rien dans l'histoire des Hambleton ne pouvait expliquer l'attitude de Sue, la benjamine du clan. Elle était sortie de l'enfance avec un mauvais pli qui avait engendré chez elle le dégoût de tout ce qui était convenable et le goût de tout ce qui ne l'était pas. Lorsqu'elle atteignit l'âge de vingt et un ans, en 1926, elle préférait nettement la Dixième Avenue à la Cinquième, les arnaqueurs aux banquiers et Hymie le Sulfateur à l'Honorable Cecil Windown qui avait demandé sa main.

Les Hambleton essayèrent d'imposer à Sue une conduite décente, mais trop tard. Elle était légalement majeure. Lorsqu'elle décida finalement de les envoyer au diable et s'enfuit de la maison, ils n'y purent pas grand-chose. Son père, le major Waldo Hambleton, avait renoncé à tous les espoirs qu'il avait jamais pu avoir de la sauver, mais il ne tenait pas à ce qu'elle s'attirât des mésaventures évitables. Il s'adressa donc à la Continental Détective Agency de New York et demanda que fût exercée sur elle une discrète surveillance.

Hymie le Sulfateur était un racketeer de Philadelphie qui était monté vers le nord et la grande ville, muni d'une mitraillette Thompson enveloppée dans un bout de toile cirée à damiers bleus, après un désaccord avec des associés. New York n'offrait pas un terrain aussi propice que Philadelphie au travail à la mitraillette. La Thompson demeura inutilisée durant environ un an, tandis que Hymie faisait ses frais grâce à un automatique, en rançonnant les petits joueurs de passe anglaise à Harlem.

Trois ou quatre mois après que Sue se fut mise en ménage avec Hymie, il amorça des relations semblant offrir des perspectives prometteuses avec les premiers représentants de l'équipe qui venaient de Chicago à New York pour organiser la ville à l'échelon occidental. Mais ce n'était pas Hymie que voulaient les gars de Chi; c'était la Thompson. Quand il la leur montra à titre d'atout majeur à l'appui de sa demande d'emploi, ils transformèrent en passoire le sommet du crâne de Hymie et s'en allèrent avec la mitraillette.

Sue Hambleton enterra Hymie, passa deux semaines solitaires au cours desquelles elle mit une bague au clou pour manger, puis trouva un emploi comme hôtesse dans un « speakeasy » tenu par un Grec nommé Vassos.

L'un des clients de Vassos était Babe McCloor, cent dix kilos d'os et de muscles Irlando-Indo-

Ecossais, un géant basané aux cheveux noirs et aux yeux bleus qui se reposait après avoir tiré quinze ans à Leavenworth pour avoir dévalisé la plupart des plus petits bureaux de poste entre La Nouvelle-Orléans et Omaha. Tout en se reposant, Babe gagnait de quoi boire en jouant avec les passants dans les rues sombres.

Sue plaisait à Babe. Sue plaisait à Vassos. Babe plaisait à Sue. Cela ne plaisait pas à Vassos. La jalousie gâta le jugement du Grec. Il garda bouclée la porte du speakeasy un soir où Babe voulait entrer. Babe entra, emportant avec lui au passage des morceaux de la porte. Vassos sortit son pistolet, mais ne parvint pas à décrocher Sue de son bras. Il cessa de s'y efforcer lorsque Babe le frappa avec le morceau de la porte où se trouvait le heurtoir en cuivre. Babe et Sue s'en allèrent ensemble de chez Vassos.

Jusque-là, le bureau de New York avait réussi à garder le contact avec Sue. Elle n'avait pas été surveillée en permanence. Ce n'était pas ce que désirait sa mère. Il s'agissait simplement d'envoyer un homme en reconnaissance à peu près toutes les semaines pour voir si elle était toujours en vie, et récolter quelques renseignements auprès de ses amis et voisins, sans la laisser s'apercevoir, bien entendu, qu'elle était filée. Tout ceci avait été relativement facile mais, quand elle et Babe s'en allèrent, une fois le bistrot démoli, ils disparurent complètement de la circulation.

Après avoir mis la ville sens dessus dessous, le bureau de New York envoya un rapport sur l'affaire aux autres succursales de la Continental dans tout le pays, donnant les renseignements ci-dessus et joignant au dossier des photographies et le signalement de Sue et de son nouveau partenaire. Ceci se passait vers la fin de 1927.

Nous avions suffisamment de doubles des photos à notre disposition et, pendant le mois qui suivit, tous ceux qui disposaient d'un peu de temps libre le passèrent à chercher à San Francisco et Oakland le couple disparu. Nous ne réussîmes pas à les trouver. Les agents d'autres villes, accomplissant la même tâche, n'eurent pas plus de chance.

Puis, près d'un an plus tard, un télégramme nous arriva du bureau de New York. Décodé, il disait :

Le major Hambleton a reçu aujourd'hui un télégramme de sa fille de San Francisco. Texte : « Câble s'il te plaît mille dollars appartement 206 numéro 601 Eddis Street. Stop. Rentrerai à la maison si tu permets. Stop. Je t'en prie dis-moi si je peux rentrer mais je t'en prie envoie l'argent quand même. » Fin de citation. Hambleton autorise versement immédiat de l'argent. Stop. Si possible, la faire accompagner jusqu'ici par un homme et une femme de l'agence. Stop. Hambleton lui télégraphie. Stop. Adresser immédiatement rapport par câble.

Le Vieux me remit le télégramme et un chèque en disant :

— Vous connaissez la situation. Vous saurez comment vous y prendre.

Je fis mine d'être d'accord avec lui, me rendis à la banque, échangeai le chèque contre une liasse de billets de différentes valeurs, pris un tramway et me rendis au 601, Eddis Street, un immeuble d'habitation assez vaste situé au coin de Larkin.

Le nom figurant sur la boîte aux lettres de l'appartement 206 dans le vestibule était J. M. Wales.

Je pressai le bouton du 206. Lorsque l'ouverture automatique fut déclenchée, je pénétrai dans l'immeuble, passai devant l'ascenseur pour gagner l'escalier et montai un étage. Le 206 était juste au tournant du palier.

Un homme grand et mince d'environ trente ans, en complet sombre bien coupé, m'ouvrit la porte. Il avait d'étroits yeux noirs dans un long visage blafard. Quelques fils gris striaient ses cheveux noirs plaqués sur son crâne.

— Miss Hambleton? dis-je.

— Euh... C'est à quel sujet?

Sa voix était onctueuse, mais pas au point d'en être déplaisante.

— J'aimerais la voir.

Ses paupières s'abaissèrent légèrement et les sourcils qui les dominaient se rapprochèrent de même.

— Est-ce...? demanda-t-il, et il s'interrompit, me dévisageant avec attention.

Je demeurai muet. Il termina alors sa question :

— Au sujet d'un télégramme?

— Oui.

Son long visage s'éclaira aussitôt.

— Vous venez de la part de son père? demanda-t-il.

— Oui.

Reculant d'un pas, il ouvrit tout grand la porte et dit :

— Entrez. Elle a reçu le télégramme du major Hambleton, il y a quelques minutes à peine. Il disait que quelqu'un viendrait.

Nous longeâmes un petit couloir qui aboutissait à un living-room ensoleillé, pauvrement meublé, mais bien tenu et assez propre.

— Asseyez-vous, dit l'homme en m'indiquant un rocking-chair marron.

Je m'assis. Il prit place sur le divan recouvert de toile en face de moi. Je jetai un coup d'œil sur la pièce. Je n'y remarquai rien pouvant indiquer qu'une femme y vivait.

Il frotta l'arête de son long nez d'un index plus long encore et demanda lentement :

— Vous avez amené l'argent?

Je répondis que je préférerais parler en présence de la jeune fille.

Il examina le doigt avec lequel il s'était frotté le nez, puis leva les yeux sur moi en disant doucement :

— Mais je suis son ami.

— Ah! ouais? répliquai-je là-dessus.

— Oui, répéta-t-il. (Il fronça légèrement les sourcils et les commissures de ses lèvres minces s'étirèrent.) Je vous ai simplement demandé si vous aviez amené l'argent.

Je ne répondis pas.

— Vous comprenez, reprit-il d'un ton tout à

fait conciliant, si vous avez amené l'argent, elle compte bien que vous ne le remettrez à personne d'autre qu'à elle-même. Si vous ne l'avez pas amené, elle ne veut pas vous voir. Je ne crois pas qu'on puisse la faire changer d'avis là-dessus. C'est pourquoi je vous ai demandé si vous l'aviez apporté.

— Je l'ai apporté.

Il me considéra d'un air dubitatif. Je lui montrai l'argent que j'avais retiré de la banque. D'un bond, il se leva du divan.

— Je vous l'amène dans une minute ou deux, dit-il par-dessus son épaule, tandis que ses longues jambes l'emmenaient vers la porte. (Parvenu sur le seuil, il s'immobilisa.) Vous la connaissez? demanda-t-il. Ou dois-je lui dire d'apporter la preuve de son identité.

— Ça vaudrait mieux, lui répondis-je.

Il sortit, laissant ouverte la porte du couloir.

Cinq minutes plus tard, il était de retour avec une fille blonde et élancée de vingt-trois ans, vêtue de soie vert pâle. La veulerie de sa petite bouche et les bouffissures qui cernaient ses yeux bleus n'étaient pas encore assez prononcées pour l'enlaidir.

Je me levai.

— Voici Miss Hambleton, dit-il.

Elle m'accorda un bref regard, puis baissa de nouveau les yeux en jouant nerveusement avec la lanière du sac à main qu'elle tenait.

— Vous pouvez prouver votre identité? demandai-je.

— Bien sûr, dit l'homme. Montre-lui, Sue.

Elle ouvrit son sac, en sortit quelques papiers et me les tendit.

— Asseyez-vous, asseyez-vous donc, dit l'homme tandis que je les prenais.

Ils s'installèrent sur le divan. Je m'assis de nouveau dans le rocking-chair et examinai les papiers qu'elle m'avait donnés. Il y avait deux lettres adressées à Sue Hambleton à l'adresse où nous nous trouvions, le télégramme de son père la priant de rentrer chez elle, deux factures acquittées d'un grand magasin, un permis de conduire et un relevé de banque indiquant qu'il restait moins de dix dollars à son compte.

Lorsque j'eus terminé mon inspection, la gêne de la fille s'était dissipée. Elle m'épiait avec attention, tout comme l'homme assis à côté d'elle. Je fouillai dans ma poche, y trouvai le double de la photographie que New York nous avait envoyée au début de nos recherches et observai tour à tour le cliché et la fille.

— Votre bouche a peut-être rétréci, dis-je, mais comment votre nez a-t-il pu s'allonger à ce point?

— Si mon nez ne vous plaît pas, répliqua-t-elle, ça vous plairait peut-être d'aller vous faire voir?

Elle était devenue très rouge.

— Le problème n'est pas là. Votre nez est charmant mais ce n'est pas celui de Sue. (Je lui tendis la photo.) Regardez vous-même.

Elle abaissa sur le cliché un regard furibond qu'elle reporta ensuite sur l'homme.

— Ah! on peut dire que t'es fortiche, toi! déclara-t-elle.

Il me dévisageait de ses yeux noirs qui luisaient d'un éclat fragile entre ses paupières rétrécies. Il continua à me dévisager, tout en répondant sèchement à la fille du coin de la bouche :

— Boucle-la.

Elle la boucla. Immobile, il me regardait. Immobile, je le regardais. Une pendulette égrenait les secondes derrière moi. Son regard commença à errer d'un de mes yeux à l'autre. La fille soupira.

— Alors? dit-il d'une voix basse.

— Vous êtes mal partis, dis-je.

— Qu'est-ce que vous pouvez en tirer? demanda-t-il d'un ton négligent.

— Tentative d'extorsion.

La fille se leva d'un bond et le frappa avec irritation à l'épaule du dos de la main.

— Ah! oui, t'es fortiche pour me coller dans un pétrin pareil! On jouait sur le velours, hein? C'était du gâteau, pas vrai? Et maintenant, regarde-toi! T'as même pas assez de cran pour envoyer ce gars-là aux pelotes! (Elle pivota pour me faire face, agressive, le visage empourpré — j'étais toujours assis dans le rocking-chair — et aboya :) Alors, qu'est-ce que vous attendez? Qu'on vous embrasse avant de partir? On vous doit rien, pas vrai? On n'en a rien touché, de votre sale fric, hein? Alors, dehors! Ouste! Du balai!

— Mets une sourdine, bébé, grommelai-je. Tu vas te faire péter une artère.

— Bon Dieu! Peggy, intervint l'homme, arrête

de gueuler comme ça, et laisse un peu les gens causer. (Il se tourna vers moi.) Alors, qu'est-ce que vous voulez?

— Comment vous êtes-vous branché dans ce coup? m'enquis-je.

Il répondit avec empressement :

— Un nommé Kenny m'a donné les papelards et m'a parlé de Sue, en me disant que son vieux était plein aux as. Je me suis dit que ça valait le coup d'essayer. Je pensais que le vieux enverrait un mandat télégraphique ou rien du tout. J'ai jamais pensé qu'il expédierait un bonhomme. Et puis, quand son télégramme est arrivé disant justement qu'un gars venait la voir, j'aurais dû laisser tomber.

» Mais, bon Dieu! Voilà un type qui allait débarquer avec mille tickets en liquide! L'occase était trop belle. On avait peut-être quand même encore une chance de palper, alors j'ai demandé à Peggy de jouer le rôle de Sue. Si le type venait aujourd'hui, c'était bien probable qu'il était d'ici même, sur la Côte, il y avait gros à parier qu'il ne connaissait pas Sue, qu'il avait simplement son signalement. D'après ce que Kenny m'avait dit d'elle, je savais que le physique de Peggy collait pas mal avec ce signalement. Je pige pas encore comment vous vous êtes procuré cette photo. J'ai télégraphié au vieux qu'hier. J'ai envoyé deux lettres à Sue, ici, hier également, histoire de les avoir avec les autres papiers d'identité pour pouvoir toucher le mandat télégraphique.

— Kenny vous a donné l'adresse du vieux?

— Et comment!
— Et il vous a donné celle de Sue?
— Non.
— Comment Kenny s'est-il procuré les papiers?
— Il ne l'a pas dit.
— Où est Kenny, maintenant?
— J'en sais rien. Il partait pour l'Est, avec d'autres combines en vue et ne pouvait pas perdre son temps avec celle-là. C'est pour ça qu'il me l'a refilée.
— Kenny le Cœur sur la main, remarquai-je. Tu connais Sue Hambleton?
— Non, répondit-il d'un ton catégorique. J'en avais même jamais entendu parler avant que Kenny me mette au courant.
— Il ne me plaît pas, ce Kenny, remarquai-je, bien que, sans lui, votre histoire comporte quelques bons éléments. Vous pourriez me la raconter en le laissant sur la touche?
Il secoua lentement la tête de gauche à droite en disant :
— Ça n'aurait rien à voir avec la façon dont ça s'est passé.
— Dommage, vraiment. Les tentatives d'extorsion m'intéressent beaucoup moins que la récupération de Sue. On aurait pu s'arranger ensemble.
Il secoua encore une fois la tête, mais son regard était devenu pensif et sa lèvre inférieure, tendue en avant, esquissa une moue dubitative.
La fille avait reculé afin de pouvoir nous voir tous les deux à la fois, tandis que nous parlions.

Son visage, sur lequel se lisait clairement l'aversion que nous lui inspirions, se tournait alternativement vers l'un ou l'autre à mesure que nous prenions la parole. Enfin, son regard se fixa sur son compagnon tandis qu'une lueur de colère s'allumait à nouveau dans ses yeux.

Je me levai en disant à mon interlocuteur :

— Comme vous voudrez. Mais si c'est avec ces cartes-là que vous voulez jouer, je suis obligé de vous embarquer tous les deux.

Il sourit en se mordant les lèvres, et se leva.

La fille se jeta entre nous deux, lui faisant face.

— Ah! Le moment est bien choisi pour la boucler, lui cracha-t-elle. Accouche, espèce de cloche, ou je m'en charge. Si tu t'imagines que je vais me laisser faire marron avec toi, tu es dingue!

— Tais-toi! lui dit-il du fond de la gorge.

— Fais-moi taire!

Des deux mains, il essaya. Par-dessus les épaules de la fille, je saisis un de ses poignets et lui projetai l'autre main en l'air.

Glissant entre nous deux, elle courut se mettre derrière moi en hurlant :

— Joe la connaît très bien. C'est elle qui lui a refilé les trucs. Elle est au St. Martin, dans O'Farrell Street. Elle et Babe McCloor.

Tout en écoutant cette tirade, je dus écarter la tête pour permettre au crochet droit de Joe de me manquer, lui tordis le bras gauche derrière le dos, pivotai sur la hanche pour encaisser son coup de genou, et lui appliquai la paume de ma main gauche sous le menton. Je m'apprêtais à lui servir la secousse japonaise lorsqu'il cessa de lutter et grogna :

— Laissez-moi vous raconter.

— Alors, grouille, consentis-je en le lâchant et en reculant.

Il frotta son poignet que j'avais tordu en jetant un regard torve à la fille, derrière moi. Il la gratifia de quatre épithètes malsonnantes, dont la plus douce était : « pauvre conne », et lui dit :

— Il bluffait en parlant de nous foutre en taule. Tu t'imagines pas que le vieux Hambleton recherche de la publicité dans les journaux, quand même?

Ce n'était pas une mauvaise supposition.

Il s'installa de nouveau sur le divan, en continuant à se frictionner le poignet. La fille resta de l'autre côté de la pièce, le considérant avec une espèce de rictus ironique.

— Allez, mettez-vous à table, l'un ou l'autre, dis-je.

— Vous savez tout ce qu'il y a à savoir, marmonna-t-il. J'ai piqué ces trucs la semaine dernière pendant une visite à Babe, parce que je connaissais l'histoire et ça me faisait mal de laisser perdre une occasion intéressante.

— Qu'est-ce qu'il fait, Babe, en ce moment?

— Je ne sais pas.

— Il fait toujours dans le dynamitage des coffres?

— Je ne sais pas.

— Tu parles!

— Non, c'est vrai, insista-t-il. Si vous connaissez Babe, vous devez savoir qu'on peut jamais lui tirer les vers du nez sur ce qu'il fait.

— Depuis quand lui et Sue sont-ils ici?

— A peu près six mois, pour autant que je sache.

— Avec qui est-il en cheville?

— Je ne sais pas. Quand Babe travaille avec une bande, c'est tout juste s'il prend le temps de faire un coup, entre deux étapes.

— Il a du fric?

— Je ne sais pas. Il y a toujours de quoi bouffer et picoler dans la turne.

Une demi-heure de ce genre de dialogue me persuada que je ne trouverais ici guère de tuyaux sur mes clients.

J'allai dans le couloir téléphoner à l'agence. Le gamin du standard m'apprit que MacMan se trouvait dans le bureau des enquêteurs. Je lui demandai de lui dire de me rejoindre et regagnai le living-room. Joe et Peggy s'écartèrent l'un de l'autre à mon entrée.

MacMan arriva en moins de dix minutes. Je lui ouvris la porte et lui dis :

— Ce gars dit s'appeler Joe Wales et la fille est censée être Peggy Carroll qui habite au-dessus, au 421. On les tient à la gorge pour tentative d'extorsion, mais j'ai passé un marché avec eux. Je vais voir maintenant comment la situation se présente. Reste ici avec eux, dans cette pièce. Personne n'entre ou sort, et personne à part toi ne se sert du téléphone. Il y a une échelle d'incendie devant la fenêtre. La fenêtre est blouclée pour le moment. Je n'y toucherais pas, à ta place. Si le marché s'avère valable, on les laissera tranquilles, mais s'ils te font des ennuis après mon départ, te gêne pas pour leur cogner dessus.

MacMan inclina sa tête ronde et dure, et installa une chaise entre eux et la porte. Je ramassai mon chapeau.

— Dites donc, me lança Joe Wales, vous n'allez pas me brûler auprès de Babe, hein? Ça doit faire partie du marché.

— Pas à moins d'y être obligé.

— Je préfère encore écoper, dit-il. Je serais plus en sûreté en cabane.

— Je te laisserai toutes les chances possibles, promis-je, mais il faudra jouer avec la main qu'on t'aura servie.

En me rendant à pied au St. Martin — à six blocs seulement de chez Wales — je décidai de me présenter à McCloor et à la fille comme un agent de la Continental qui soupçonnait Babe d'avoir participé au hold-up d'une banque à Alameda la semaine précédente. Comme il n'avait pas été dans le coup — si le signalement des gangsters fourni par les gens de la banque était à peu près correct — mes soi-disant soupçons ne risquaient guère de l'inquiéter. Ce que je voulais surtout, bien sûr, c'était jeter un coup d'œil sur la fille afin de pouvoir signaler à son père que je l'avais vue. Il n'y avait aucune raison de supposer qu'elle et Babe savaient que son père essayait de la faire surveiller. Babe avait un casier judiciaire chargé. Il était assez normal que des flics passent le voir de temps à autre et essayent de lui coller une affaire ou une autre sur le dos.

Je pressai la sonnette. Rien ne se passa. Rien ne se passa les quatre fois où je la pressai. J'appuyai alors sur le bouton indiquant *Concierge.* La porte s'ouvrit avec un déclic. J'entrai. Une femme mafflue en robe de coton à rayures roses qui avait besoin urgent d'un coup de fer apparut sur le seuil d'un appartement, juste au-delà de la porte d'entrée.

— Il y a des nommés McCloor qui habitent ici? demandai-je.

— Au 313, dit-elle.

— Il y a longtemps qu'ils sont là?

Sa bouche épaisse fit une moue. Elle me dévisagea avec insistance, hésita, puis finalement répondit :

— Depuis le mois de juin.

— Qu'est-ce que vous savez sur eux?

Elle renâcla devant cette question, haussant à la fois le menton et les sourcils.

Sans prendre de gros risques, je lui montrai ma carte qui collait à peu près avec le prétexte que je comptais utiliser en haut.

Son visage, lorsqu'elle le releva après avoir examiné la carte, luisait de curiosité.

— Entrez par ici, chuchota-t-elle d'une voix rauque, en reculant dans l'appartement.

Je la suivis. Nous nous assîmes sur un canapé.

— De quoi qu'il s'agit? murmura-t-elle.

— Rien, peut-être. (Entrant dans son jeu, je poursuivis à mi-voix.) Il a déjà été condamné pour cassement de coffre-fort. J'essaie de me renseigner sur lui en ce moment, au cas à tout hasard où il aurait dernièrement participé à un coup. J'ignore si c'est le cas. Il s'est peut-être acheté une conduite... est-ce qu'on sait? (Je sortis une photo, face et profil, prise à Leavenworth, de ma poche.) C'est lui?

Elle s'en empara avidement, inclina la tête, répondit : « Oui, c'est bien lui », tourna le cliché pour lire l'inscription au dos et répéta : « Oui, oui, c'est bien lui. »

— Sa femme est ici avec lui?

Elle opina vigoureusement du bonnet.

— Je ne la connais pas, dis-je. Comment est-elle, physiquement?

Elle me décrivit une fille qui aurait très bien pu être Sue Hambleton. Je ne pouvais pas lui montrer sa photo, cela m'aurait trahi si Sue et Babe l'avaient appris.

Je demandai à la femme ce qu'elle savait des McCloor. En fait, elle ne savait pas grand-chose : ils payaient leur loyer en temps voulu; leurs horaires étaient irréguliers, ils s'offraient à l'occasion des séances de beuverie et se chamaillaient beaucoup.

— Vous pensez qu'ils sont là, en ce moment? demandai-je. J'ai sonné, mais personne n'a répondu.

— Je ne sais pas, chuchota-t-elle. Je n'ai vu ni l'un ni l'autre depuis avant-hier soir, quand ils se sont disputés.

— Une dispute violente?

— Pas pire que d'habitude.

— Vous pourriez aller voir s'ils sont là? demandai-je.

Elle me considéra du coin de l'œil.

— Je ne veux pas vous attirer d'ennuis, assurai-je. Mais s'ils ont mis les voiles, j'aimerais le savoir, et vous aussi, je suppose.

— Bon, je vais y aller. (Elle se leva et tapota une poche dans laquelle cliquetaient des clés.) Attendez ici.

— Je vais monter avec vous jusqu'au second, lui dis-je, et j'attendrai sans me montrer.

— D'accord, dit-elle à contrecœur.

Au deuxième étage, je m'immobilisai près de l'ascenseur. Elle disparut à l'angle d'un couloir mal éclairé, et bientôt retentit un timbre électrique assourdi. Il résonna trois fois. J'entendis ses clés tinter, puis le grincement de l'une d'elles dans la serrure. Ensuite me parvint le crissement de la serrure et le cliquetis de la poignée qui tournait.

Le long silence qui s'ensuivit fut rompu par un hurlement qui se répercuta dans le couloir d'un mur à l'autre.

Je bondis vers le coin, le tournai précipitamment, vis une porte ouverte devant moi, la franchis et la claquai derrière moi.

Le hurlement s'était interrompu.

Je me trouvais dans un petit vestibule obscur avec trois portes en plus de celle par laquelle j'étais entré. L'une d'elles était fermée. L'autre donnait sur la salle de bains. Je me dirigeai vers la troisième.

La grosse concierge était plantée juste à l'entrée de la pièce, me tournant le dos. Je la contournai et vis ce qu'elle regardait.

Sue Hambleton, en pyjama jaune pâle bordé de dentelle noire, gisait en travers du lit. Elle était couchée sur le dos, une de ses jambes repliée sous elle, l'autre allongée, son pied nu reposant sur le sol. Ce pied nu était plus blanc que ne pouvait l'être un pied vivant; son visage aussi blanc que le pied, à l'exception d'une zone tuméfiée et marbrée qui s'étendait du sourcil droit à la pommette droite et de meurtrissures sombres autour de son cou.

— Appelez la police, dis-je à la femme, et je commençai à fouiller dans les coins, dans les placards et les tiroirs.

L'après-midi touchait à sa fin lorsque je regagnai l'agence. Je demandai à l'archiviste de voir si nous avions quoi que ce soit sur Joe Wales et Peggy Carroll, puis je gagnai le bureau du Vieux.

Il reposa quelques rapports qu'il était en train de lire, m'invita d'un signe de tête à m'asseoir et demanda :

— Vous l'avez vue?

— Oui. Elle est morte.

— Vraiment? fit le Vieux, comme si je lui avais annoncé qu'il pleuvait et il me sourit, poliment attentif, pendant que je lui racontais toute l'histoire — depuis le moment où j'avais sonné chez Wales jusqu'à celui où j'avais rejoint la concierge mafflue dans l'appartement de la morte.

— Elle avait été un peu tabassée et portait des marques au visage et sur le cou, dis-je pour conclure. Mais ça ne l'a pas tuée.

— Vous pensez qu'elle a été assassinée? demanda-t-il, souriant toujours avec aménité.

— Je ne sais pas. D'après Doc Jordan, il pourrait s'agir d'arsenic. Il est en train d'en rechercher les traces. Nous avons trouvé un drôle de truc dans la turne. Quelques feuillets épais de papier gris sombre glissés dans un livre — le *Comte de Monte Cristo* — enveloppé dans un journal vieux d'un mois et calé dans un coin sombre entre le fourneau et le mur de la cuisine.

— Ah! du papier tue-mouches à l'arsenic, murmura le Vieux. Le truc Maybrick-Seddons. Infusé dans de l'eau, on peut en tirer de 24 à 36 milligrammes par feuillet, assez pour tuer deux personnes.

J'acquiesçai et repris :

— J'ai travaillé sur un cas de ce genre à Louisville en 1916. Le portier mulâtre a vu McCloor sortir à neuf heures et demie hier matin. Elle était sans doute morte avant ça. Personne ne l'a revu depuis. Un peu plus tôt dans la matinée, les gens qui habitent l'appartement voisin les avaient entendus parler et avaient entendu la fille gémir. Mais ils se querellaient trop souvent pour que les voisins prêtent attention à ça. La concierge m'a dit qu'ils s'étaient disputés la veille au soir. La police le recherche maintenant.

— Avez-vous dit à la police qui elle était?

— Non. Qu'est-ce qu'on fait à ce propos?

On ne peut pas leur parler de Wales sans tout leur dire.

— L'affaire va forcément éclater au grand jour, observa-t-il d'un ton pensif. Je vais télégraphier à New York.

Je sortis de son bureau. L'archiviste me remit deux coupures de presse. La première m'apprit que quinze mois auparavant Joseph Wales, *alias* Holy Joe, avait été arrêté à la suite d'une plainte déposée par un cultivateur nommé Toomey affirmant que Wales et trois autres hommes l'avaient escroqué de deux mille cinq cents dollars en lui proposant une prétendue « bonne affaire ». La deuxième coupure déclarait que l'affaire avait été classée, Toomey ne s'étant pas présenté devant le tribunal au cours de son procès contre Wales — acheté de la façon classique par la restitution d'une partie de son argent ou de la totalité. C'était tout ce que contenaient nos dossiers sur Wales, et il n'avait rien sur Peggy Carroll.

MacMan m'ouvrit la porte lorsque je retournai chez Wales.

— Quoi de neuf? demandai-je.

— Rien, sinon qu'ils n'ont pas arrêté de râler.

Wales s'avança en demandant d'un ton pressant :

— Alors, vous êtes content?

Je ne répondis pas.

— Vous l'avez trouvée? reprit Wales en fronçant les sourcils. Elle était bien où je vous ai dit?

— Ouais, fis-je.

— Bon, alors. (Il parut se rasséréner.) Ça nous dédouane, Peggy et moi, n'est-ce...? (Il s'interrompit, passa la langue sur sa lèvre inférieure, se saisit le bout du menton et demanda d'un ton brusque :) Vous leur avez pas parlé de moi, hein?

Je secouai la tête en signe de dénégation.

Il lâcha son menton et demanda avec irritation :

— Mais alors, qu'est-ce que vous avez? Pourquoi vous faites cette tête?

Derrière lui, la fille s'exclama avec amertume :

— Je savais bien que ça finirait comme ça! Je savais bien qu'on s'en sortirait pas si facilement! Ah! pour être malin, t'es malin!

— Emmène Peggy dans la cuisine et ferme les deux portes, dis-je à MacMan. Holy Joe et moi, on va se payer un tête-à-tête aux petits oignons.

La fille sortit sans se faire prier mais, au moment où MacMan refermait la porte, elle passa à nouveau la tête dans la pièce pour dire à Wales :

— J'espère qu'il te foutra une pêche si tu veux pas te mettre à table.

MacMan referma la porte.

— Ta petite copine a l'air de croire que tu sais quelque chose.

Wales considéra la porte d'un air sombre et grommela :

— Elle me rend autant de services qu'une jambe cassée. (Il se tourna ensuite vers moi, s'efforçant de prendre l'air franc et amical.) Qu'est-ce que vous voulez? J'ai été régulier avec vous, tout à l'heure. Qu'est-ce qui se passe maintenant?

— Qu'est-ce que tu crois?

Il ravala sa bouche entre ses mâchoires.

— Vous voulez que je joue aux devinettes? demanda-t-il. Je demande qu'à rester réglo. Mais qu'est-ce que je peux faire si vous voulez pas me dire ce que vous voulez? Je peux pas vous lire à l'intérieur du crâne.

— Ça te ferait bien marrer si tu pouvais.

Il secoua la tête avec lassitude et retourna vers le divan où il s'assit, penché en avant, les mains jointes entre les genoux.

— Bon, soupira-t-il. Prenez votre temps pour me questionner. Je suis prêt à attendre.

J'allai me placer devant lui, lui pris le menton entre le pouce et les doigts de la main gauche, lui redressai la tête et abaissai la mienne, si bien que nos nez entrèrent presque en contact.

— Où t'as fait une boulette, Joe, dis-je, c'est en envoyant le télégramme juste après le meurtre.

— Il est mort?

Ces trois mots lui avaient jailli des lèvres avant même que ses yeux aient eu le temps de s'arrondir de stupeur.

Sa question me désarçonna. Je dus faire un effort pour ne pas hausser les sourcils et ce fut d'une voix trop calme que je demandai :

— Qui ça, est mort?

— Qui? Comment je le saurais? Qu'est-ce que vous voulez dire?

— A ton avis, de qui je parlais? insistai-je.

— Est-ce que je sais? Oh! bon, ça va! Le vieux Hambleton, le père de Sue.

— C'est ça, dis-je, et je lui lâchai le menton.

— Et il a été assassiné, vous dites? (Il n'avait pas bougé la tête de la position où je l'avais mise.) Comment?

— Papier tue-mouches à l'arsenic.

— Papier tue-mouches à l'arsenic? (Il avait l'air pensif.) Drôle d'idée!

— Oui, très drôle. Comment tu ferais pour en acheter si t'en avais envie?

— L'acheter? Je sais pas. Je n'en ai pas vu depuis que j'étais môme. Plus personne ne se sert de papier tue-mouches à San Francisco, de toute façon. Il n'y a plus assez de mouches.

— Quelqu'un s'en est servi ici, dis-je, sur Sue.

— Sue?

Il sursauta si violemment que le divan grinça sous lui.

— Ouais. Assassinée hier matin. Papier tue-mouches à l'arsenic.

— Tous les deux? demanda-t-il d'une voix incrédule.

— Les deux qui?

— Elle et son père.

— Oui.

Il baissa le menton sur sa poitrine et se frotta le dos de la main de la paume de l'autre.

— Alors, là, je suis dans le pétrin, articula-t-il avec lenteur.

— Comme tu dis, acquiesçai-je, jovial. Tu veux pas t'expliquer un peu, pour essayer de t'en sortir?

— Laissez-moi réfléchir.

Je le laissai réfléchir, écoutant le tic-tac de la pendulette tandis qu'il ruminait. La réflexion faisait sourdre des gouttes de sueur sur son visage grisâtre. Enfin, il se redressa sur son siège et s'essuya la figure avec un mouchoir multicolore.

— Je vais parler, dit-il. J'ai plus le choix maintenant. Sue s'apprêtait à plaquer Babe. Elle et moi, on devait partir ensemble. Elle... Tenez, je vais vous montrer.

Il plongea une main dans sa poche et en tira une épaisse feuille de papier pliée en deux. Je la pris et lus :

Cher Joe,

Je ne tiendrai pas beaucoup plus longtemps, il faut que nous filions le plus vite possible. Babe m'a encore battue ce soir. Je t'en supplie, si tu m'aimes vraiment partons vite.

SUE.

— C'est pour ça que j'ai essayé de faire cracher mille dollars à Hambleton, dit-il. J'étais raide comme un passe depuis deux mois, et quand la lettre est arrivée hier, il fallait absolument que je trouve du fric quelque part pour pouvoir l'emmener. Mais comme elle aurait jamais accepté de taper son père, j'ai tenté le coup sans le lui dire.

— Quand l'as-tu vue pour la dernière fois?

— Avant-hier, le jour où elle a posté cette lettre. Seulement, je l'ai vue dans l'après-midi — elle est venue ici — et elle l'a écrite ce soir-là.

— Babe se doutait de ce que vous mijotiez?

— A notre avis, non. Je ne sais pas. Il a toujours été maboul de jalousie, avec ou sans raisons.

— Et des raisons, il en avait?

Wales me regarda droit dans les yeux et répondit :

— Sue était une bonne môme.

— Eh bien, elle a été assassinée, dis-je.

Il ne répliqua pas.

Le jour baissait avec la venue du soir. Je me dirigeai vers la porte et actionnai le commutateur. Ce faisant, je n'avais pas quitté Holy Joe Wales des yeux.

Au moment où j'écartais mon doigt du commutateur, un tintement retentit à la fenêtre. Un tintement sec et bruyant.

Je me tournai vers la fenêtre.

Un homme accroupi sur l'échelle d'incendie, regardait dans la pièce à travers la vitre et le rideau de dentelle. Il était basané avec des traits lourds et son gabarit permettait de l'identifier comme étant Babe McCloor. Le canon d'un gros automatique effleurait devant lui la vitre sur laquelle il avait tapé pour attirer notre attention.

Attirée, elle l'était.

En cet instant précis, je ne pouvais rien faire. Immobile, je l'observais. Je ne pouvais pas voir si c'était moi ou Wales qu'il regardait. Sa silhouette était très distincte, mais le rideau de dentelle m'empêchait de distinguer des détails de ce genre. J'imaginai qu'il nous surveillait également l'un et l'autre, et que l'écran de dentelle ne devait pas lui cacher grand-chose. Il se trouvait plus près du rideau que nous, et je venais d'allumer dans la pièce.

Wales, pétrifié sur son divan, regardait McCloor. Une étrange expression, morne et figée, était peinte sur les traits de Wales. Il avait le regard éteint. Il ne respirait pas.

McCloor heurta légèrement la vitre du canon de son pistolet. Un triangle de verre se détacha et tomba en tintant sur le sol. Cela ne fit pas assez de bruit, j'en eus bien peur, pour alarmer MacMan dans la cuisine. Deux portes fermées séparaient les deux pièces.

Wales contempla un instant la vitre brisée, puis il ferma les yeux. Il les ferma avec lenteur, peu à peu, exactement comme s'il s'endormait. Il gardait son visage morne et figé tourné directement vers la fenêtre.

McCloor tira trois fois.

Les balles firent basculer Wales sur le divan, le projetèrent contre le mur. Ses yeux s'ouvrirent brusquement, saillants dans son visage. Ses lèvres se retroussèrent, découvrant ses dents jusqu'aux gencives. Sa langue sortit. Puis sa tête tomba en avant et il ne bougea plus.

Je me ruai vers la fenêtre au moment où McCloor s'en écartait d'un bond. Le temps de repousser le rideau, de déverrouiller la fenêtre et de la lever, j'entendis ses pieds atterrir sur le ciment en dessous.

MacMan ouvrit la porte à la volée et se rua dans la pièce, la fille sur les talons.

— Occupe-toi de ça, lui ordonnai-je en enjambant l'appui de la fenêtre. McCloor l'a descendu.

L'appartement de Wales était au premier. L'échelle d'incendie s'y terminait par un élément lesté de fonte qui, sous le poids d'un homme, basculait au-dessus d'une cour pavée de ciment.

Je descendis par le même chemin que Babe, me balançai sur le dernier échelon jusqu'à ce que je pus me laisser tomber, et lâchai tout. Une seule rue donnait dans la courette. Je m'y engouffrai.

Un petit homme effaré, planté au milieu du trottoir, tout près de la cour, me considéra avec des yeux ronds.

Je l'empoignai par le bras, le secouai.

— Un grand type qui courait (peut-être hurlai-je) de quel côté?

Il essaya de parler, n'y parvint pas et agita le bras en direction de panneaux d'affichages délimitant un terrain vague de l'autre côté de la rue.

Dans ma précipitation, j'oubliai de lui dire merci.

Je passai derrière les panneaux en rampant par-dessous au lieu de les contourner par la gauche ou la droite, où se trouvaient des ouvertures. Le terrain était assez vaste et envahi d'herbes hautes pour que pût s'y dissimuler à plat ventre un homme décidé à attaquer son poursuivant, même un homme de la taille de Babe McCloor.

Tandis que j'envisageais cette éventualité, j'entendis aboyer un chien dans un angle du terrain. Peut-être aboyait-il après un homme qui avait passé en courant. Je me précipitai dans cette direction. Le chien se trouvait dans une arrière-cour entourée d'une palissade, à l'angle d'une étroite venelle qui, partant du terrain vague, débouchait sur une rue.

Me hissant sur la pointe des pieds le long de la palissade, j'aperçus un fox terrier blanc seul dans la cour et me mis à galoper le long de la venelle, tandis qu'il chargeait l'endroit de la palissade où j'étais apparu.

Je remis mon pistolet dans ma poche avant d'émerger de la venelle dans la rue.

Une petite voiture était garée le long du trottoir devant un débit de tabac à quatre ou cinq mètres de la ruelle. Sur le pas de la porte de l'établissement, un policier bavardait avec un homme mince au visage basané.

— Le grand type qui est sorti de la ruelle il y a un instant... dis-je. De quel côté il a filé?

Le policier avait l'air d'un parfait abruti. L'homme mince indiqua la rue d'un signe de tête, dit « Par là », et reprit sa conversation.

— Merci, dis-je, et je poursuivis jusqu'au coin.

Il y avait là un taxiphone et deux taxis en attente. Un bloc et demi au-delà, un tramway s'éloignait.

— Le grand type qui est passé ici il y a une minute a pris un taxi ou le tramway? demandai-je aux deux chauffeurs adossés à l'une des voitures.

— Il a pas pris un taxi.

— Moi, je vais en prendre un, dis-je. Rattrapez-moi ce tramway.

Le tramway était déjà à trois blocs de là

lorsque nous démarrâmes. La rue n'était pas assez dégagée pour que je puisse voir qui montait et descendait. Nous le rattrapâmes à l'arrêt de Market Street.

— Suivez, dis-je au chauffeur en descendant d'un bond.

Sur la plate-forme arrière du tramway, je regardai à travers la vitre. Il n'y avait que huit ou dix personnes à bord.

— Il y a un grand malabar qui est monté à Hyde Street, dis-je au contrôleur. Où est-il descendu?

Le contrôleur regarda le dollar d'argent que je faisais pivoter entre mes doigts et se rappela que le malabar était descendu à Taylor Street. Cela lui valut le dollar.

Je sautai du tramway au moment où il tournait dans Market Street. Le taxi, qui roulait juste derrière, ralentit et la portière s'ouvrit.

— Au coin de la Sixième et de Mission Street, dis-je en montant.

A partir de Taylor Street, McCloor avait pu s'évanouir dans n'importe quelle direction. Il fallait se lancer dans les hypothèses. Selon la plus logique, il avait dû cavaler vers l'autre côté de Market Street.

Il faisait maintenant presque nuit. Nous étions obligés de descendre jusqu'à la Cinquième Rue pour quitter Market Street, gagner ensuite Mission Street et remonter vers la Sixième. Nous arrivâmes à la Sixième Rue sans avoir aperçu McCloor. Je n'en vis pas trace dans la Sixième Rue, ni d'un côté ni de l'autre en la traversant.

— Remontez vers la Neuvième, dis-je au chauffeur, et tandis que nous roulions, je lui expliquai quel genre d'homme je cherchais.

Nous parvînmes à la Neuvième Rue. Pas de McCloor. Je poussai un juron et fis fonctionner mes cellules grises.

Le colosse était un casseur de coffres nomade. Il commençait à faire un peu trop chaud pour lui à San Francisco. Son instinct de trimardeur le pousserait à utiliser le dur pour échapper à ses ennuis. Le dépôt de trains de marchandises se trouvait dans ce quartier de la ville. Peut-être serait-il assez finaud pour faire le mort au lieu d'essayer de filer. Dans ce cas, il n'avait sans doute pas traversé Market Street. S'il se planquait, on avait encore une chance de le ramasser le lendemain. S'il prenait la tangente, il fallait l'attraper maintenant ou jamais.

— Vers Harrison, dis-je au chauffeur.

Nous gagnâmes Harrison Street, que nous descendîmes jusqu'à la Troisième, puis remontâmes par Bryant jusqu'à la Huitième, descendîmes Brannan pour rejoindre de nouveau la Troisième, traversâmes jusqu'à Townsend, toujours sans voir Babe McCloor.

— C'est vache quand même, compatit le chauffeur, tandis que nous stoppions en face de la gare de départ du Southern Pacific.

— Je vais aller voir un peu dans la gare, dis-je. Ouvrez l'œil pendant ce temps-là.

Lorsque j'eus exposé mon problème à un flic dans la gare, il me présenta à deux poulets en civil qui avaient été postés là pour guetter l'arrivée éventuelle de McCloor. Cette mesure avait été prise après la découverte du cadavre de Sue. Ils ignoraient jusqu'alors que Holy Joe Wales avait été abattu.

Je ressortis de la gare et trouvai mon taxi juste devant la porte. Son klaxon faisait du supplément, mais il était trop asthmatique pour être entendu de l'intérieur. Le chauffeur à face de rat était au comble de l'excitation.

— Un gars comme celui que vous dites vient juste de s'amener par la Troisième Rue et il a sauté dans le 16 au moment où il démarrait, dit-il.

— Dans quel sens?

— Par-là, dit-il en indiquant le sud-est.

— Rattrapez-le, fis-je en montant d'un bond.

Le tramway avait disparu à une courbe dans la Troisième Rue, deux blocs au-delà. Lorsque nous prîmes le virage, le tramway ralentissait, quatre blocs plus loin. Il commençait à peine à réduire l'allure lorsqu'un bonhomme se pencha à l'extérieur et sauta en marche. Il était de haute taille, mais sans le paraître en raison de la largeur exceptionnelle de ses épaules. Loin de freiner l'élan acquis, il l'utilisa au contraire pour traverser le trottoir et disparaître.

Nous stoppâmes à l'endroit où l'homme avait sauté du tramway.

Je donnai trop d'argent au chauffeur et lui dis :

— Retournez Townsend Street et expliquez au flic de la gare que je suis à la poursuite de Babe McCloor dans les dépôts du South Pacific.

Je croyais avancer sans bruit entre deux rangées de wagons, mais je n'avais pas franchi six mètres qu'un faisceau lumineux fut braqué sur mon visage et une voix brève ordonna :

— Halte!

Je m'immobilisai. Des hommes surgirent d'entre les wagons. L'un d'eux prononça mon nom et ajouta :

— Qu'est-ce que tu fous ici? T'es perdu?

C'était Harry Pebble, un inspecteur de police.

J'exhalai lentement mon souffle et répondis :

— Salut, Harry. Tu cherches Babe?

— Oui. On fouille les convois.

— Il est là-dedans. J'étais sur ses talons dans la rue, il y a deux minutes.

Pebble poussa un juron et éteignit sa torche électrique.

— Fais gaffe, Harry, lui conseillai-je. Rigole pas avec lui. Il a toute son artillerie et il a déjà buté un gars ce soir.

— Tu vas voir comme je vais rigoler, promit Pebble, et il demanda à un des hommes qui l'accompagnaient d'aller prévenir ceux qui étaient de l'autre côté du dépôt et d'appeler ensuite du renfort par téléphone.

— On va rester en bordure et le coincer ici jusqu'à ce qu'ils rappliquent, dit-il.

Cette méthode semblait la plus rationnelle. Nous nous dispersâmes et attendîmes. A un moment, Pebble et moi fîmes rebrousser chemin à un clochard efflanqué qui essayait de se faufiler dans le dépôt entre nous deux, et un des hommes un peu plus loin ramassa un môme terrifié qui, lui, essayait d'en sortir. Sinon, rien ne se passa jusqu'à l'arrivée du lieutenant Duff qui amenait deux pleines voitures de flics.

Le gros de notre troupe forma un cordon autour du dépôt. Le reste, divisé en petits groupes, entreprit d'examiner le dépôt, fouillant chaque wagon l'un après l'autre. Nous ramassâmes quelques trimardeurs que Pebble et ses hommes avaient loupés un peu plus tôt, mais nous ne trouvâmes pas McCloor.

Nous ne trouvâmes aucune trace de lui jusqu'à ce que quelqu'un trébuchât contre un clochard recroquevillé dans l'ombre d'un wagon-plateforme. Il fallut bien deux minutes pour lui faire reprendre ses esprits; malheureusement il ne pouvait pas parler. Il avait la mâchoire fracturée. Mais, quand on lui demanda si McCloor l'avait assommé, il opina du bonnet et, quand on lui demanda dans quelle direction McCloor était parti, il tendit faiblement la main en direction de l'est.

Nous traversâmes pour aller fouiller le dépôt du Santa Fe.

Nous ne trouvâmes pas McCloor.

Duff me ramena au Palais de Justice. MacMan se trouvait dans le bureau du capitaine des détectives avec trois ou quatre autres policiers.

— Wales est mort? demandai-je.

— Ouais.

— Il a parlé avant d'y passer?

— Il était clamcé avant que t'aies passé la fenêtre.

— Tu n'as pas lâché la fille?

— Elle est ici.

— Elle a dit quelque chose?

— On t'attendait pour la cuisiner, intervint le sergent détective O'Gar, vu qu'on ne sait rien sur elle.

— Fais-la venir. Je n'ai pas encore dîné. Qu'est-ce que ça a donné, l'autopsie de Sue Hambleton?

— Empoisonnement chronique à l'arsenic.

— Chronique? Ça signifie qu'on le lui a refilé par petites doses et pas d'un seul coup?

— Euh, euh... D'après les traces qu'il a recueillies dans ses reins, ses intestins, son foie, son estomac et son sang, Jordan estime qu'elle avait dans le corps moins de six milligrammes. Ça ne pouvait pas suffire pour la liquider. Mais il dit qu'il a trouvé de l'arsenic dans la pointe de ses cheveux et il faut qu'on lui en ait donné depuis au moins un mois pour qu'il soit arrivé jusque-là.

— Y a-t-il une chance pour que ce ne soit pas l'arsenic qui l'ait tuée?

— Non, à moins que Jordan ne soit qu'un charlatan.

Une matrone de la police entra en compagnie de Peggy Carroll.

La fille blonde était fatiguée. Ses paupières, les commissures de ses lèvres, tout son corps trahissaient une sorte d'affaissement général. A peine eus-je poussé une chaise vers elle qu'elle s'y laissa tomber.

O'Gar me fit un signe de sa tête ovoïde et grisonnante.

— Maintenant, Peggy, commençai-je, dites-nous un peu quel rôle vous jouez dans tout ce gâchis?

— J'y joue pas de rôle. (Elle ne leva même pas la tête. Sa voix était lasse.) C'est Joe qui m'a fourrée là-dedans. Il vous l'a dit.

— Vous étiez sa régulière?

— Si vous voulez, admit-elle.

— Vous êtes jalouse?

Déconcertée, elle leva les yeux sur moi.

— Qu'est-ce que ça a à voir? demanda-t-elle.

— Sue Hambleton s'apprêtait à filer avec lui quand elle a été assassinée.

La fille se redressa sur sa chaise et déclara d'un ton délibéré :

— Je jure devant Dieu que je savais pas qu'elle avait été assassinée.

— Mais vous saviez qu'elle était morte, insistai-je, catégorique.

— Non, répliqua-t-elle, tout aussi catégorique.

Je flanquai un coup de coude à O'Gar. Il se pencha sur elle, la mâchoire agressive, et aboya :

— Qu'est-ce que c'est que ce baratin? Tu le savais, qu'elle était morte. Comment aurais-tu pu la tuer sans le savoir?

Tandis qu'elle le regardait, j'appelai les autres d'un geste. Ils se massèrent autour d'elle et reprirent le refrain commencé par le sergent. Pendant les quelques minutes qui suivirent, elle fut gavée d'aboiements, de rugissements, de grondements.

A l'instant même où elle cessait d'essayer de se défendre, j'intervins :

— Attendez, dis-je avec beaucoup de conviction. Peut-être qu'elle ne l'a pas tuée?

— Tu parles! s'entêta O'Gar, tenant le centre de la scène pour que les autres puissent s'écarter de la fille sans que leur retraite parût trop artificielle. Tu ne vas pas me raconter que cette môme...?

— Je n'ai pas dit qu'elle ne l'avait pas fait, lui fis-je remarquer. J'ai dit que peut-être ça n'était pas elle.

— Alors c'était qui?

Je transmis la question à la fille :

— Qui était-ce?

— Babe, répondit-elle aussitôt.

O'Gar eut un ricanement sceptique appuyé.

Je demandai, comme si j'étais sincèrement perplexe :

— Comment savez-vous ça si vous ne saviez pas qu'elle était morte?

— Ça crève les yeux que c'est lui, dit-elle. N'importe qui pourrait s'en rendre compte. Il a découvert qu'elle allait filer avec Joe, alors il l'a tuée et ensuite il est venu chez Joe et il l'a tué aussi. C'est exactement la réaction que pouvait avoir Babe en apprenant la vérité.

— Ah! oui? Et *vous*, vous le saviez depuis quand, qu'ils allaient partir ensemble?

— Depuis qu'ils l'avaient décidé. Joe me l'a dit, il y a un mois ou deux.

— Et ça vous était égal?

— Vous n'avez rien compris, répondit-elle.

Naturellement, ça m'était égal. Moi aussi, je devais palper. Vous savez que son père était plein aux as. C'était ça qui intéressait Joe. Elle n'était rien pour lui qu'un moyen de puiser dans les poches du vieux. Et je devais toucher ma part... Et n'allez pas croire que j'étais assez toquée de Joe ou de n'importe qui d'autre pour faire une pareille connerie. Babe s'est foutu en rogne et il les a liquidés tous les deux. Ça fait pas un pli.

— Vraiment? Et, à votre avis, comment Babe l'aurait-il tuée?

— Ce mec? Vous ne pensez pas qu'il...?

— Je veux dire, comment s'y serait-il pris pour la supprimer?

— Oh! (Elle haussa les épaules.) Avec ses mains, très probablement.

— Une fois sa décision prise, il aurait employé une méthode rapide et brutale? suggérai-je.

— C'est bien le genre de Babe.

— Mais vous ne l'imaginez pas l'empoisonnant lentement, étalant l'opération sur un mois?

Une lueur d'inquiétude passa dans les yeux bleus de la fille. Elle se mordit la lèvre, puis répondit avec lenteur :

— Non. Je ne le vois pas s'y prenant de cette façon. Pas Babe.

— Et qui voyez-vous s'y prenant de cette façon?

Elle ouvrit tout grand les yeux et demanda :

— Vous voulez dire Joe?

Je ne répliquai pas.

— Joe aurait pu, dit-elle d'un ton insidieux. Dieu seul sait pourquoi il aurait fait ça, pourquoi il aurait voulu se débarrasser d'une vache à lait pareille. Mais on avait souvent du mal à comprendre où il voulait en venir. Il a fait des conneries en pagaille. Il était trop finaud sans être vraiment intelligent. Mais s'il avait dû la tuer, en tout cas, c'est à peu près comme ça qu'il s'y serait pris.

— Lui et Babe étaient copains?

— Non.

— Il allait souvent chez Babe?

— Jamais, autant que je sache. Il avait trop bien la trouille de Babe pour courir le risque d'être surpris là-bas. C'est pour ça que j'avais emménagé au-dessus, pour que Sue puisse venir le voir chez nous.

— Alors comment Joe a-t-il pu cacher chez elle le papier tue-mouches avec lequel il l'a empoisonnée?

— Le papier tue-mouches?

Sa stupeur semblait relativement sincère.

— Montre-lui, dis-je à O'Gar.

D'un tiroir de son bureau, il sortit un feuillet et le tendit sous le nez de la fille.

Elle le considéra fixement pendant un moment, puis se leva d'un bond et m'agrippa le bras à deux mains.

— Je ne savais pas ce que c'était, dit-elle d'un ton surexcité. Joe en avait, il y a à peu près deux mois. Il était en train de l'examiner quand je suis entrée. Je lui ai demandé à quoi ça servirait et il m'a fait son petit sourire prétentieux et a répondu : « A faire des anges », et il l'a enveloppé de nouveau et mis dans sa poche. Je n'y ai pas fait très attention; il était toujours en train de fricoter des tas de combines qui devaient lui remplir les poches, mais qui foiraient à tous les coups.

— Et vous l'avez revu, ce papier?

— Non.

— Vous connaissiez bien Sue?

— Je ne la connaissais pas du tout. Je ne l'ai même jamais vue. Je restais sur la touche pour pas faire louper la partie que Joe jouait avec elle.

— Mais vous connaissez Babe.

— Oui, je suis allée à deux soirées où il était. Mais je ne le connais pas mieux que ça.

— Qui a tué Sue?

— Joe, dit-elle. Est-ce qu'il n'avait pas ce papier avec lequel vous dites qu'elle a été tuée?

— Et pourquoi l'a-t-il tuée?

— Je ne sais pas. Ça lui arrivait de faire des conneries.

— Vous ne l'avez pas tuée?

— Non, non, non!

Je crispai le coin de la bouche à l'intention d'O'Gar.

— Tu mens, proféra-t-il en lui agitant le papier tue-mouches sous le nez. Tu l'as tuée.

Le reste de l'équipe la cerna de nouveau, la bombardant d'accusations. Ils continuèrent leur manège jusqu'à ce qu'elle fût assez groggy pour que la matrone de la police manifestât son inquiétude.

J'intervins alors d'une voix irritée :

— Très bien. Flanquez-la en cellule et laissez-la réfléchir. (Je me tournai vers elle.) Vous vous rappelez ce que vous avez dit à Joe cet après-midi : ce n'est pas le moment de la boucler. Tâchez de faire sérieusement marcher vos méninges cette nuit.

— Je vous jure que je ne l'ai pas tuée, dit-elle.

Je lui tournai le dos. La matrone l'emmena.

— Aaah! bâilla O'Gar. On lui a fait subir une bonne petite séance, même si elle a été courte.

— Pas mal, acquiesçai-je. Si n'importe qui d'autre semblait suspect, je dirais qu'elle n'a pas tué Sue. Mais si elle dit la vérité, alors c'est Joe qui a fait le coup. Et pourquoi irait-il empoisonner la poule qui allait lui pondre de si jolis œufs dorés? Et comment et pourquoi a-t-il caché le poison dans leur appartement? Babe avait un mobile, mais vraiment je ne le vois pas dans la peau d'un empoisonneur à la petite semaine. Et comment savoir, pourtant; lui et Holy Joe pouvaient même être en cheville.

— Possible, dit Duff. Mais il faut une sacrée imagination pour en arriver là. Tu peux retourner le truc dans tous les sens, c'est Peggy qui reste notre atout n° 1 pour l'instant. On recommence à la cuisiner demain matin sans douceur?

— D'accord, dis-je. Et il faut qu'on trouve Babe.

Les autres avaient déjà dîné. MacMan et moi allâmes manger un morceau. Quand nous revînmes au bureau des inspecteurs une heure plus tard, presque toute l'équipe habituelle en était partie.

— Ils ont tous filé au quai 42; d'après un tuyau, McCloor y serait, nous annonça Steve Ward.

— Il y a longtemps?

— Dix minutes.

MacMan et moi prîmes un taxi pour le quai 42. Nous n'arrivâmes jamais au quai 42.

Sur la Première Rue, à un demi-bloc de l'Embarcadère, le taxi s'arrêta soudain dans un grincement de freins.

— Qu'est-ce...? commençai-je, et je vis un homme qui se tenait devant la voiture, un énorme gaillard armé d'un énorme pistolet. « Babe », grommelai-je, et je posai la main sur le bras de MacMan pour l'empêcher de tirer son flingue.

— Conduisez-moi à... était en train de dire McCloor au chauffeur terrifié lorsqu'il nous vit. Il contourna le taxi pour venir de mon côté et ouvrit la portière, nous tenant en joue.

Tête nue, il avait les cheveux humides, plaqués sur le crâne. Des petits ruisselets d'eau en dégoulinaient. Ses vêtements étaient trempés.

Il nous considéra avec surprise et ordonna :

— Descendez!

Tandis que nous obtempérions, il gronda à l'intention du chauffeur :

— Pourquoi que tu sors ton drapeau, bon Dieu, si t'as déjà des clients?

Le chauffeur n'était plus là. Il était descendu de l'autre côté et cavalait le long de la rue. McCloor l'injuria et me poussa légèrement du bout de son arme en grommelant :

— Allez, barrez-vous!

Apparemment, il ne m'avait pas reconnu. La lumière était douteuse et je portais un chapeau maintenant. Il ne m'avait aperçu que quelques secondes dans la chambre de Wales.

Je m'écartai d'un pas. MacMan avança de l'autre côté.

McCloor recula pour nous empêcher de l'encadrer et lâcha une exclamation irritée.

MacMan se jeta sur le bras droit de McCloor.

J'expédiai mon poing à la mâchoire de McCloor. J'aurais pu aussi bien cogner sur quelqu'un d'autre pour tout l'effet que cela parut lui faire.

D'un revers de bras, il m'écarta et châtaigna MacMan sur la bouche. MacMan, projeté en arrière, fut arrêté par le taxi, cracha une dent, et revint à la charge.

J'essayai d'escalader le flanc gauche de McCloor.

MacMan l'attaqua sur le flanc droit, ne réussit pas à esquiver un coup de crosse, l'encaissa en plein sur le sommet du crâne, s'écroula brutalement et resta sur le carreau.

Je décochai un coup de pied dans la cheville de McCloor, mais ne réussis pas à le faucher pour autant; je lui expédiai une droite au creux des reins et, de la main gauche, empoignai ses cheveux mouillés en les tirant de toute ma force. Il secoua la tête, me soulevant du sol.

Puis il me balança un swing dans les côtes, et je les sentis s'aplatir contre mes tripes comme les feuillets d'un livre.

Je le frappai du poing sur la nuque, ce qui lui déplut. Il émit un grondement tout au fond de sa poitrine, m'écrasa l'épaule de la main gauche et abattit sur moi l'arme qu'il tenait de la droite.

Je lui flanquai un coup de pied au petit bonheur et le touchai de nouveau à la nuque.

Au bout de la rue, à l'Embarcadère, s'éleva le

trille d'un sifflet de police. Des hommes remontaient en courant la Première Rue, venant vers nous.

McCloor, soufflant comme une locomotive, essaya de se débarrasser de moi. Je ne voulais pas le lâcher et me cramponnais de toutes mes forces. Il finit par m'expédier à distance et prit le galop.

Je me remis précipitamment sur pieds et me lançai à sa poursuite, en sortant mon flingue.

Au premier coin de rue, il s'arrêta pour cracher du métal dans ma direction — trois projectiles. Je lui en crachai un à mon tour. Aucun des quatre ne toucha son but.

Il disparut au coin de la rue. Je pris le virage très au large pour me tenir hors de portée au cas où il m'aurait attendu, aplati contre le mur. Ça n'était pas le cas. Trente mètres plus loin, il fonçait dans un espace vide, entre deux hangars. Je m'y engouffrai à sa suite et en ressortis à l'autre extrémité, avançant plus vite, avec mes quatre-vingt-cinq kilos que lui avec ses cent dix.

Il traversa une rue et obliqua en s'éloignant des quais. Au coin se dressait un réverbère. Au moment où j'arrivais sous le halo lumineux, il pivota sur lui-même et braqua son arme sur moi. Je ne l'entendis pas cliqueter, mais je compris qu'elle était vide lorsqu'il me la lança à la tête. Le flingue me manqua de cinquante centimètres et alla heurter à grand fracas une porte derrière moi.

McCloor se détourna et se remit à courir, remontant la rue. Je la remontai à sa suite.

Je tirai une balle dans sa direction pour indiquer aux autres où nous étions. Au coin suivant, il fit mine de tourner à gauche, se ravisa et continua tout droit.

Je forçai l'allure, réduisant la distance entre nous à une quinzaine de mètres, et je hurlai :

— Arrête ou je te descends!

D'un bond de côté, il s'engouffra dans une étroite ruelle.

Je la dépassai d'un seul élan, constatai qu'il ne m'attendait pas et m'y engageai à mon tour. Il venait assez de lumière de la rue pour nous permettre de nous voir mutuellement et de distinguer le décor environnant. L'allée finissait en cul-de-sac — fermée de chaque côté par des murs et au fond par une haute façade en béton avec des fenêtres aux volets métalliques et des portes closes.

McCloor me faisait face, à moins de dix mètres, le menton en avant, les bras pendants, légèrement écartés, la tête dans les épaules.

— Mains en l'air! lui ordonnai-je en le mettant en joue.

— Tire-toi de mon chemin, petit bonhomme, grommela-t-il en faisant un pas vers moi, la démarche raide. Je vais te bouffer tout cru.

— Continue à avancer, et je te descends, dis-je.

— Essaie. (Il avança encore d'un pas, ramassé sur lui-même.) Je peux t'avoir même avec des pruneaux dans le coffre.

— Pas là où je les mettrai. (Je me montrais prolixe, espérant l'inciter à attendre jusqu'à l'arrivée des autres. Je ne voulais pas être obligé de le tuer. Nous aurions pu le faire depuis le taxi.) Je ne suis pas Annie Oakley, mais si je ne peux pas te bouziller les rotules en deux coups à cette distance, alors je passe la main. Et si tu t'imagines que c'est marrant d'avoir les rotules en miettes, fais l'essai.

— Ah! merde! fit-il, et il chargea.

Je lui fracassai le genou droit.

Vacillant, il continua à venir sur moi.

Je lui fracassai le genou gauche.

Il s'effondra.

— Tu l'as bien cherché, me plaignis-je.

Il pivota du buste et, prenant appui sur les deux bras, parvint à prendre une position assise en face de moi.

— Je te croyais pas assez futé pour le faire, dit-il, les dents serrées.

Je parlai à McCloor à l'hôpital. Il était couché sur le dos, la tête redressée sur deux oreillers. Il avait la peau blafarde et tirée autour de la bouche et des yeux, mais rien d'autre ne montrait qu'il souffrait.

— Tu m'as salement dérouillé, dit-il à mon entrée.

— Désolé, mais...

— J'me plains pas. Je l'ai cherché.

— Pourquoi t'as tué Holy Joe? dis-je, sans préambule, en attirant une chaise près du lit.

— Tt, tt... tu sonnes au mauvais numéro.

Je me mis à rire et lui dis que c'était moi qui étais dans la pièce avec Joe quand c'était arrivé.

McCloor sourit et répliqua :

— Je me disais bien que je t'avais déjà vu quelque part. C'était donc là. Je faisais pas trop gaffe à ta gueule, tant que tu bougeais pas les pognes.

— Pourquoi l'as-tu tué?

Il fit la moue, plissa les yeux, réfléchit un instant et répondit :

— Il a descendu une gonzesse que je connaissais.

— Il a tué Sue Hambleton? demandai-je.

Il me dévisagea un instant avant de répondre :

— Ouais.

— Et comment t'expliques ça?

— Merde! J'ai pas à l'expliquer. Sue me l'a dit. File-moi une sèche.

Je lui donnai une cigarette, la lui allumai avec un briquet et objectai :

— Ça ne coïncide guère avec d'autres détails que je connais. Qu'est-ce qui s'est passé au juste, et qu'est-ce qu'elle a dit? Tu pourrais peut-être partir du soir où tu lui as mis un cocard.

L'air pensif, il laissa la fumée s'exhaler lentement par ses narines, puis déclara :

— J'aurais pas dû cogner sur l'œil, c'est un fait. Mais, tu piges, elle avait passé tout l'après-midi dehors et elle voulait pas me dire où elle avait été, alors on s'est engueulés. Quel jour on est... jeudi matin? Alors, ça devait être lundi. Après la bagarre, je suis parti et j'ai passé la nuit dans un garni d'Army Street. Je suis rentré vers sept heures le lendemain matin. Sue était malade comme un chien, mais elle a pas voulu que j'appelle un toubib. Avec ça, c'était plutôt bizarre, parce qu'elle avait une trouille verte.

McCloor, méditatif, se gratta la tête et aspira soudain une longue bouffée, qui consuma pratiquement le reste de la cigarette. Il laissa la fumée filtrer à la fois par la bouche et les narines, me considérant d'un air morne à travers le nuage bleuâtre. Puis il déclara brusquement :

— Bref, elle a clamcé. Mais avant, elle m'a dit qu'elle avait été empoisonnée par Holy Joe.

— Elle t'a dit comment il s'y était pris?

McCloor secoua la tête :

— Je lui avais demandé plusieurs fois ce qu'elle avait et j'arrivais pas à lui tirer un mot. Là-dessus, elle se met à geindre qu'elle avait été empoisonnée. « Je suis empoisonnée, Babe, qu'elle » chiale. A l'arsenic. Salaud d'Holy Joe! » elle fait. Et puis elle a plus rien dit du tout. Après ça n'a pas traîné et elle est partie pour le grand voyage.

— Ah! oui? Alors qu'est-ce que tu as fait?

— Je me suis mis à la recherche d'Holy Joe pour le flinguer. Je le connaissais, mais je savais pas où il créchait et je l'ai pas trouvé avant hier. T'étais là quand je me suis amené. Alors tu sais comment ça s'est passé. J'avais piqué une tire et je l'avais garée dans Turk Street, pour pouvoir me casser avec. Quand je suis revenu, y avait un flic à côté. Je me suis dit qu'il avait peut-être repéré que c'était une bagnole volée et attendait de voir qui allait venir la reprendre, alors j'y ai pas touché et j'ai pris le tram pour mettre le cap sur les docks. Là-bas, je suis tombé sur une flopée de bourres et j'ai dû piquer une tête dans China Basin, nager vers un appontement où un gardien a failli me repérer, et barboter encore jusqu'à un autre; là, j'ai réussi finalement à franchir le barrage, mais, une fois de plus, j'ai manqué de bol. J'aurais jamais fait signe à ce taxi s'il avait pas eu son drapeau sorti.

— Tu savais que Sue voulait te plaquer pour partir avec Joe?

— Je le sais toujours pas, répliqua-t-il. Je savais foutre bien qu'elle me doublait, mais je savais pas avec qui.

— Et, si tu l'avais su, qu'est-ce que tu aurais fait? demandai-je.

— Moi? (Il eut un sourire de loup.) Exactement ce que j'ai fait.

— Tu les aurais liquidés tous les deux, dis-je.

Il se frotta la lèvre inférieure avec un pouce et demanda calmement :

— Tu crois que j'ai tué Sue?

— Tu l'as tuée.

— Ça me fera les pieds, dit-il. Je dois devenir idiot en vieillissant. Qu'est-ce qui me prend de jacter avec un fumier de flic? Ça a jamais rapporté quoi que ce soit à personne, sauf des pépins. Eh bien, mon petit gars, tu ferais aussi bien d'aller te faire voir ailleurs. J'ai fini de causer.

Et c'était vrai. Je ne pus lui soutirer un autre mot.

Le Vieux m'écoutait en tapotant légèrement son bureau de la pointe d'un long crayon jaune, et ses bienveillants yeux bleus, derrière ses lunettes sans monture, regardaient dans le vide au-dessus de ma tête. Lorsque j'eus mis mon histoire à jour, il demanda aimablement :

— Comment va MacMan?

— Il a perdu deux dents, mais son crâne n'était pas fêlé. Il sera sur pieds dans deux ou trois jours.

Le Vieux opina du bonnet et demanda :

— Que reste-t-il à faire?

— Rien. Nous pouvons remettre Peggy Carroll sur la sellette, mais il est peu probable qu'on lui soutire quoi que ce soit d'autre. En dehors de ça, nous avons à peu près tous les rapports en main.

— Et quelle conclusion en tirez-vous?

Je m'agitai sur ma chaise et répondis :

— Suicide.

Le Vieux m'adressa un sourire poli, mais sceptique.

— Ça ne me plaît pas non plus, grommelai-je. Et je ne suis pas encore prêt à rédiger un rapport. Mais c'est la seule conclusion à laquelle permettent d'aboutir tous les éléments dont nous disposons. Ce papier tue-mouches était caché derrière la cuisinière. Personne ne serait assez fou pour essayer de cacher quelque chose à une femme dans sa propre cuisine. Mais la femme elle-même pourrait choisir cette cachette.

» Daprès Peggy, Holy Joe avait le papier tue-mouches. Si c'est Sue qui l'a caché, c'est de lui qu'elle le tenait. Ils projetaient de partir ensemble et attendaient seulement que Joe, qui était à la cote, ait trouvé assez de fric. Babe leur flanquait peut-être la trouille et ils gardaient le poison à portée de main pour lui en coller une dose au cas où il aurait eu vent de leur projet avant qu'ils filent. D'ailleurs, ils voulaient peut-être le lui faire avaler de toute façon.

» Quand j'ai commencé à parler du meurtre à Holy Joe, il a cru que c'était Babe qui s'était fait rectifier. Il était surpris, peut-être, mais surpris d'abord que cela se soit passé si vite. Il l'a été encore plus quand il a appris que Sue était morte également, mais moins quand même que lorsqu'il a vu McCloor vivant derrière sa fenêtre.

» Elle est morte en maudissant Holy Joe, et elle savait qu'elle avait été empoisonnée et elle n'a pas voulu que McCloor appelle un docteur. Est-ce que ça ne pourrait pas signifier qu'elle s'était retournée contre Joe et avait avalé elle-même le poison au lieu de le refiler à Babe? Le poison était caché pour que Babe ne le trouve pas. Mais, même s'il l'avait découvert, je le vois mal en empoisonneur. Il est trop violent. A moins qu'il ne l'ait surprise en train de l'empoisonner et l'ait forcée à avaler le truc. Mais ça n'expliquerait pas les traces d'arsenic remontant à un mois dans ses cheveux.

— Et votre hypothèse du suicide explique cela? demanda le Vieux.

— Ça ne serait pas impossible, dis-je. Ne commencez pas à démolir ma théorie. Elle est déjà assez boiteuse comme ça. Mais, si elle s'est suicidée cette fois-là, il n'y a pas de raison pour qu'elle n'ait pas déjà essayé avant — disons après une dispute avec Joe, il y a un mois —

et qu'elle ne se soit pas loupée. Elle aurait donc eu de l'arsenic dans le corps. Il n'y a pas de véritable preuve qu'elle en ait absorbé depuis un mois jusqu'à hier.

— Pas de véritable preuve, protesta courtoisement le Vieux, sinon le rapport d'autopsie — empoisonnement chronique.

Je n'ai jamais été du genre à me laisser désarçonner par les conclusions des experts.

— Ils se basent sur la petite quantité d'arsenic trouvée dans son corps — inférieure à la dose mortelle. Et la quantité que l'on trouve dans votre estomac après votre mort dépend de ce que vous avez pu vomir avant de mourir.

Le Vieux me sourit avec aménité.

— Mais vous n'êtes pas prêt, dites-vous, à exposer cette théorie dans un rapport? reprit-il. Entre-temps, que vous proposez-vous de faire?

— S'il n'y a rien d'autre en vue, je vais rentrer chez moi, me livrer à une fumigation de la cervelle avec des Fatimas et essayer de faire le point sur toute cette affaire. Je crois que je vais me dégotter un exemplaire du *Comte de Monte Cristo* et y jeter un coup d'œil. Je ne l'ai pas lu depuis que j'étais môme. Il semble que le livre ait été enveloppé avec le papier tue-mouches, histoire de faire un paquet assez gros pour être coincé solidement entre le mur et le fourneau et ne pas tomber. Mais il y a peut-être quelque chose dans le bouquin. Je vais vérifier de toute façon.

— C'est ce que j'ai fait hier soir, murmura le Vieux.

— Et alors? demandai-je.

Il sortit un livre d'un tiroir de son bureau, l'ouvrit à une page marquée par un feuillet de papier et me le tendit, m'indiquant d'un doigt rose un paragraphe.

— Supposons que vous preniez un milligramme de ce poison le premier jour, deux milligrammes le second, et ainsi de suite. Au bout de dix jours, vous auriez absorbé un centigramme : au bout de vingt jours, en augmentant la dose d'un autre milligramme, vous auriez absorbé trois cents centigrammes. Autrement dit, une dose que vous pourriez supporter sans le moindre inconvénient et qui serait extrêmement dangereuse pour toute autre personne n'ayant pas pris les mêmes précautions que vous. Ainsi, à la fin du mois, buvant de l'eau d'une carafe, vous pourriez tuer la personne qui aurait bu cette eau, sans vous-même vous apercevoir, à part un léger malaise, qu'il y avait une substance empoisonnée mélangée à l'eau.

— Voilà donc l'explication, dis-je. C'est bien ça. Ils avaient peur de filer sans avoir tué Babe, sachant trop bien qu'il les poursuivrait. Elle a essayé de s'immuniser à l'arsenic en y habituant son organisme en prenant des doses de plus en plus fortes, ce qui lui permettait, quand elle en glisserait une bonne dose dans la nourriture de Babe, d'en avaler elle-même sans danger. Elle aurait été malade, mais s'en serait tirée, et la police n'aurait pas pu lui coller la mort de Babe sur les bras puisqu'elle-même aurait absorbé de la nourriture empoisonnée.

» Tout cela colle très bien. Après la dispute lundi soir, quand elle a écrit ce mot à Joe le suppliant de presser leur départ, elle a essayé d'accélérer son immunisation et a augmenté trop rapidement ses doses préparatoires, en a pris une dose trop importante. C'est pour ça qu'elle a maudit Joe avant de mourir; le plan venait de lui.

— Peut-être a-t-elle exagéré cette dose afin d'activer le processus, acquiesça le Vieux, mais pas nécessairement. Il y a des gens qui possèdent la faculté de pouvoir avaler des quantités excessives d'arsenic sans danger, mais il semble que ce soit une sorte de don naturel chez eux, une singularité de leur constitution. Normalement, toute personne qui prendrait ce risque aboutirait au même résultat que Sue Hambleton : elle s'empoisonnerait lentement jusqu'à ce que l'effet cumulé soit assez violent pour provoquer la mort.

Babe McCloor fut pendu pour le meurtre de Holy Joe Wales six mois plus tard.

(This King business)

Le train de Belgrade me déposa à Stefania, capitale de la Muravie en début d'après-midi — un après-midi infect. Un vent froid me soufflait de la pluie froide à la figure et dans le cou lorsque je sortis de l'espèce de hangar carré en granit qui tenait lieu de gare pour grimper dans un taxi.

L'anglais n'évoquait rien pour le chauffeur, pas plus que le français. Un allemand correct aurait peut-être échoué. Le mien était médiocre. C'était un salmigondis de grognements et de gargouillis. Ce chauffeur était bien la première personne à feindre de le comprendre. Je le soupçonnais de deviner tout simplement, et je m'attendais à être conduit en quelque lieu lointain des faubourgs. Peut-être était-il doué pour les devinettes. Toujours est-il qu'il me conduisit à l'hôtel de la République.

L'hôtel était un immeuble neuf de cinq étages, extrêmement fier de ses ascenseurs, de sa plomberie américaine, de ses salles de bains particulières et autres installations modernes. Après m'être lavé et changé, je descendis au restautant pour déjeuner. Puis, nanti de minutieuses instructions données en anglais, français et langage mimé par un concierge en uniforme hautement chamarré, je relevai le col de mon imperméable et traversai la place boueuse pour aller rendre visite à Roy Scanlan, *chargé d'affaires* des Etats-Unis dans cet Etat des Balkans, le plus jeune et le plus petit de tous.

C'était un homme replet d'une trentaine d'années, à la chevelure lisse déjà bien avancée sur la voie du grisonnement, au visage mou empreint de nervosité, aux mains blanches et potelées et frémissantes et aux vêtements fort élégants. Il me serra la main, m'invita à m'asseoir dans un fauteuil, effleura d'un bref coup d'œil ma lettre d'introduction et regarda fixement ma cravate en disant :

— Vous êtes donc un détective privé de San Francisco?

— Oui.

— Et alors?

— Lionel Grantham.

— Sûrement pas!

— Si.

— Mais ce n'est pas...

Le diplomate se rendit compte qu'il me fixait dans les yeux, détourna précipitamment son regard vers mes cheveux et oublia ce qu'il était en train de dire.

— Ce n'est pas quoi? insistai-je.

— Oh! (Il eut un vague mouvement ascendant de la tête et des sourcils.) Ce n'est pas son genre.

— Depuis quand est-il ici?

— Deux mois. Peut-être trois ou trois et demi.

— Vous le connaissez bien?

— Oh! non! De vue, bien entendu, et pour lui avoir parlé. Lui et moi sommes les seuls Américains dans ce pays, alors nous nous voyons assez souvent.

— Vous savez ce qu'il fait ici?

— Non, je ne sais pas. Il s'est simplement arrêté au cours de ses voyages, j'imagine, à moins, bien entendu, qu'il ne soit ici pour une raison spéciale. Sûrement à cause d'une femme — c'est la fille du général Radnjak — mais, en fait, je ne le pense pas.

— A quoi passe-t-il son temps?

— Je n'en ai aucune idée. Il habite à l'hôtel de la République, il est très prisé par notre colonie étrangère, fait un peu de cheval, mène l'existence habituelle d'un fils de famille fortuné.

— Fréquente-t-il des gens qui ne sont pas exactement ce qu'ils devraient être?

— Pas que je sache, bien que je l'aie vu avec Mahmoud et Einarson. Ce sont certainement des gredins... bien qu'ils ne le soient peut-être pas.

— De qui s'agit-il?

— Nubar Mahmoud est le secrétaire particulier du docteur Semich, le Président. Le colonel Einarson est un Islandais, et il est pratiquement maintenant à la tête de l'Armée. Je ne sais rien sur eux.

— Sauf que ce sont des gredins?

Le *chargé d'affaires* plissa son front blanc et

bombé d'un air douloureux et me jeta un regard plein de reproche.

— Pas du tout, dit-il. Et maintenant, si je peux me permettre, de quoi soupçonne-t-on Grantham?

— De rien.

— Alors?

— Il y a sept mois, à son vingt et unième anniversaire, ce Lionel Grantham est entré en possession de l'argent que son père lui avait laissé — un assez joli paquet. Jusqu'alors, le jeune homme avait plutôt eu la vie dure. Sa mère nourrissait, et nourrit encore, des préjugés petit-bourgeois de distinction solidement ancrés. Son père avait été un authentique aristocrate, à l'ancienne mode — un individu à l'âme dure, à la voix douce qui obtenait ce qu'il voulait en s'en emparant tout simplement — avec un net penchant pour le vin vieux et les femmes jeunes, ne se privant ni de l'un ni des autres, et, pour les cartes, les dés et les chevaux de course — et les bagarres, pour y participer comme pour y assister.

» Tant qu'il a vécu, le petit garçon a reçu une éducation virile. Mme Grantham trouvait les goûts de son mari vulgaires, mais c'était un homme qui savait imposer sa volonté. En outre, le sang Grantham était ce qu'on fait de mieux en Amérique. C'était le genre de femme à se laisser impressionner par ce détail. Il y a onze ans, alors que Lionel était un gosse de dix ans, le vieux est mort. Mme Grantham a troqué la roulette familiale contre une boîte de dominos et a entrepris de convertir le gosse en un Galahad cousu main.

» Je ne l'ai jamais vu, mais on m'a dit que cette tentative n'avait pas été un succès. En tout cas, elle l'a gardé sous cloche pendant onze ans, ne le laissant même pas s'échapper pour aller au collège. Ça a duré comme ça jusqu'au jour où il a atteint sa majorité et touché sa part d'héritage paternel. Ce matin-là, il embrasse Mamma et lui annonce d'un ton négligent qu'il part faire un petit tour du monde — seul. Mamma fait et dit tout ce qu'on peut attendre d'elle, mais en pure perte. Le sang Grantham a parlé. Lionel lui promet de lui envoyer une carte postale de temps en temps, et il s'en va.

» Il semble s'être comporté fort correctement au cours de ses pérégrinations. Je suppose que sa seule liberté lui apportait toute l'aventure dont il avait besoin. Mais, il y a quelques semaines, la Trust Company qui gère ses biens a reçu de lui l'ordre de monnayer quelques actions sur les chemins de fer et de lui envoyer l'argent aux bons soins d'une banque de Belgrade. La somme était importante — plus de trois millions — et la Trust Company a donc prévenu Mme Grantham. Elle en a piqué une crise. Elle recevait de son fils des lettres de Paris, sans la moindre allusion à Belgrade.

» Mamma a voulu aussitôt se précipiter en Europe. Son frère, le sénateur Walbourn, a réussi à l'en dissuader. Il a envoyé quelques télégrammes et appris que Lionel ne se trouvait ni à Paris ni à Belgrade, à moins qu'il n'y fût caché. Mme Grantham a bouclé ses malles et fait des réservations. Le sénateur l'a retenue encore une fois et convaincue que le jeune homme lui en voudrait d'intervenir et qu'il valait mieux se livrer à une enquête discrète. Il a confié l'affaire à l'Agence. Je suis allé à Paris et j'ai appris qu'un ami de Lionel qui s'y trouvait transmettait son courrier et que Lionel était ici, à Stefania. Je me suis arrêté en route à Belgrade où on m'a dit que l'argent lui était envoyé ici, qu'il avait déjà reçu la plus grosse partie de la somme. Et me voilà.

Scanlan eut un sourire épanoui.

— Je ne peux rien faire, déclara-t-il. Grantham est majeur et c'est son argent.

— Parfaitement, acquiesçai-je, et je suis dans la même situation. Tout ce qui est en mon pouvoir, c'est de fouiner à droite et à gauche, de découvrir ce qu'il mijote pour essayer de sauver son pognon s'il est en train de se faire plumer. Vous ne pourriez pas formuler, ne serait-ce qu'une hypothèse? Trois millions de dollars — dans quoi pourrait-il les investir?

— Je ne sais pas. (Mal à l'aise, le *chargé d'affaires* s'agitait sur son siège.) Aucune affaire ici n'est bien importante. C'est purement un pays d'agriculture, divisé entre petits propriétaires terriens — des fermes de quatre, six, huit hectares. Mais il y a ses relations avec Einarson et Mahmoud. Ils le plumeraient certainement s'ils en avaient l'occasion. Je suis persuadé qu'ils sont en train de le plumer, en fait... Mais je ne pense pas qu'ils le feraient. Peut-être ne les connaît-il pas. Il y a sans doute une femme là-dessous.

— Enfin, qui devrais-je voir? Je suis handicapé du fait que je ne connais ni le pays ni la langue. A qui pourrais-je aller raconter mon histoire et demander de l'aide?

— Je ne sais pas, répondit-il d'un air sombre. (Puis son visage s'éclaira.) Allez trouver Vasilije Djudakovich. C'est le ministre de la Police. C'est l'homme qu'il vous faut. Il peut vous aider et vous pouvez lui faire confiance. Il a un tube digestif à la place du cerveau. Il ne comprendra pas un mot de ce que vous lui direz. Oui, Djudakovich est votre homme!

— Merci, dis-je, et la démarche trébuchante, je sortis dans la rue boueuse.

Je trouvai les bureaux du ministre de la Police dans l'immeuble administratif, un sinistre bloc de béton à côté de la résidence du chef d'Etat, en haut de la place. Dans un français encore pire que mon allemand, un maigre employé à favoris blancs, qui avait l'air d'un père Noël poitrinaire, m'annonça que Son Excellence n'était pas là. Prenant l'air solennel et baissant le ton, je lui chuchotai de nouveau que je venais de la part du *chargé d'affaires* des Etats-Unis. Ces singeries semblèrent impressionner le père Noël. Il acquiesça d'un air compréhensif et sortit de la pièce d'une démarche traînante. Il revint presque aussitôt, s'inclina sur le pas de la porte et m'invita à le suivre.

Je lui emboîtai le pas le long d'un corridor

obscur jusqu'à une large porte marquée « 15 ». Il l'ouvrit, s'inclina pour m'inviter à entrer, souffla d'une voix asthmatique « *Asseyez-vous, s'il vous plaît* », referma la porte et me laissa là. Je me trouvai dans un vaste bureau carré. Tout était vaste dans cette pièce. Les quatre fenêtres avaient le double des fenêtres normales. Les sièges étaient des amorces de banc, à l'exception du fauteuil capitonné de cuir devant le bureau qui, lui, aurait pu aisément servir de banquette arrière à une voiture. Deux hommes auraient pu dormir sur le bureau. Vingt auraient pu manger autour de la table.

Une porte en face de celle par laquelle on m'avait introduit s'ouvrit et une jeune femme entra et referma la porte derrière elle, coupant un ronronnement rythmique émis, semblait-il, par une lourde machine qui s'était fait entendre à travers.

— Je suis Romaine Frankl, dit-elle en anglais. La secrétaire de Son Excellence. Pourriez-vous me dire ce que vous désirez?

Elle aurait pu avoir n'importe quel âge entre vingt et trente ans, mesurait à peine un mètre cinquante, était mince sans être osseuse, avec des cheveux bouclés châtain presque noir, des yeux ombrés de cils noirs aux iris gris cerclés d'un anneau sombre, un visage menu aux traits délicats, et une voix qui semblait trop douce et trop ténue pour porter aussi loin qu'elle le faisait. Elle était vêtue d'une robe de lainage rouge qui n'avait d'autre forme que celle que lui donnait son corps et, quand elle bougeait — soit pour marcher, soit pour lever la main — il semblait que ce fût sans le moindre effort, comme si quelqu'un d'autre l'eût déplacée.

— J'aimerais le voir, dis-je, tout en enregistrant ces détails.

— Plus tard, certainement, promit-elle, mais en ce moment c'est impossible. (Elle se tourna, avec cette même grâce fluide, vers la porte et l'ouvrit, laissant entrer de nouveau dans la pièce ce ronronnement cadencé.) Vous entendez? dit-elle. Il fait sa sieste.

Elle referma la porte sur les ronflements de Son Excellence et flotta à travers la pièce pour venir se hisser dans l'immense fauteuil en cuir du bureau.

— Asseyez-vous, je vous en prie, dit-elle en agitant un minuscule index en direction d'une chaise à côté du bureau. Vous gagnerez du temps en m'expliquant ce qui vous amène; sinon, à moins que vous parliez notre langue, il faudra que je serve d'interprète entre Son Excellence et vous.

Je lui parlai de Lionel Grantham et de l'intérêt que je lui portais, à peu près dans les mêmes termes qu'à Scanlan, et conclus :

— Vous voyez, je ne peux rien faire sinon tenter de savoir ce que mijote ce jeune homme et lui donner un coup de main en cas de besoin. Je ne peux pas m'adresser directement à lui — il y a trop de Grantham en lui, je le crains, pour qu'il admette sans se rebiffer ce qu'il considérerait comme un excès de zèle de nourrice sèche. M. Scanlan m'a conseillé de venir solliciter l'aide du ministre de la Police.

— Vous avez eu de la chance. (Elle semblait

vouloir se livrer à une plaisanterie sur le représentant de mon pays, mais sans savoir au juste comment je la prendrais.) Votre *chargé d'affaires* n'est pas toujours facile à comprendre.

— Une fois qu'on a saisi le truc, ça n'est pas difficile, dis-je. Il suffit d'éliminer toutes ses phrases où figurent les mots *aucun, non, rien* ou *ne pas.*

— C'est ça! C'est exactement ça! (Elle se pencha vers moi en riant.) J'ai toujours su qu'il devait y avoir une clé quelconque, mais personne n'avait encore réussi à la trouver. Vous avez élucidé notre problème national.

— A titre de récompense, alors, je devrais me voir communiquer tous les renseignements que vous possédez sur Grantham.

— Vous devriez, mais il faut d'abord que je parle à Son Excellence.

— Vous pouvez me dire officieusement ce que vous pensez de Grantham. Vous le connaissez?

— Oui. Il est charmant. Un gentil garçon, délicieusement naïf, sans expérience, mais vraiment charmant.

— Quels sont ses amis, ici?

Elle secoua la tête et répliqua :

— Nous en resterons là jusqu'au réveil de Son Excellence. Vous êtes de San Francisco? Je me rappelle les petits tramways si drôles, le brouillard et la salade servie juste après le potage, et le Coffee Dan.

— Vous y êtes allée?

— Deux fois. J'ai passé un an et demi aux

Etats-Unis, dans un music-hall, à faire sortir des lapins de chapeaux hauts de forme.

Nous étions toujours en train de bavarder, une demi-heure plus tard, lorsque la porte s'ouvrit pour livrer passage au ministre de la Police.

Les gigantesques meubles reprirent aussitôt une taille normale, la jeune fille devint une naine et je me fis l'effet d'un petit garçon.

Ce Vasilije Djudakovich mesurait plus de deux mètres de haut, et ce n'était rien par rapport à son tour de taille. Peut-être ne pesait-il pas plus de deux cent vingt kilos, mais en le regardant, il était difficile d'évoquer son poids autrement qu'en termes de tonnes. C'était une montagne de viande aux cheveux blonds et à la barbe blonde, vêtue d'une jaquette noire. Il portait une cravate, je suppose donc qu'il avait un col, mais il était dissimulé sur toute sa circonférence par les replis rougeoyants de son cou. Son gilet blanc avait la taille et la forme d'une jupe à crinoline, mais n'en était pas moins tendu à craquer aux boutonnières. Ses yeux étaient presque invisibles entre les bourrelets de chair qui les entouraient et comme noyés dans un lac d'ombre incolore, telle l'eau stagnante au fond d'un puits profond. Il entra dans la pièce lentement, majestueusement, et je m'étonnai de ne pas entendre le parquet craquer.

Romaine Frankl m'étudiait avec attention tandis qu'elle se laissait glisser du grand fauteuil de cuir et me présentait au ministre. Il m'accorda un sourire endormi, me tendit une main qui avait l'aspect général d'un bébé nu, et se laissa tomber lentement dans la chaise que la jeune fille venait de quitter. Planté là, il baissa la tête jusqu'à ce qu'elle reposât sur les coussins de ses nombreux mentons et parut alors s'assoupir.

J'attirai une autre chaise pour la jeune fille. Elle me gratifia de nouveau d'un regard aigu — elle semblait chercher à déchiffrer quelque chose sur mon visage — et commença à parler au ministre dans ce que je supposais être la langue du pays. Elle parla rapidement pendant vingt minutes sans que rien n'indiquât qu'il écoutait ou même qu'il était éveillé.

Lorsqu'elle eut terminé, il dit : « *Da* ». Sa voix était rêveuse, mais cette simple syllabe s'enflait d'un tel volume qu'elle ne pouvait provenir d'aucune cavité plus petite que son gigantesque ventre. La jeune fille se tourna vers moi, souriante.

— Son Excellence sera enchantée de vous accorder toute l'aide en son pouvoir. Officiellement, bien entendu, elle ne tient pas à s'immiscer dans les affaires d'un visiteur étranger, mais elle se rend compte qu'il importe d'éviter à M. Grantham d'être rançonné pendant son séjour ici. Si vous voulez bien revenir demain après-midi à... disons trois heures...

Je promis de le faire, la remerciai, serrai de nouveau la main de la montagne et sortis dans la pluie.

De retour à l'hôtel, je n'eus aucune difficulté à apprendre que Lionel Grantham occupait un appartement au cinquième étage et s'y trouvait en ce moment même. J'avais sa photo dans ma poche et son signalement dans ma tête. Je passai ce qui restait de l'après-midi et le début de la soirée à attendre l'occasion de l'apercevoir. Elle me fut donnée un peu après sept heures.

Je le vis sortir de l'ascenseur; c'était un grand garçon élancé, le dos plat, souple d'allure, avec de larges épaules et des hanches minces, bien planté sur de longues jambes musclées — le genre d'anatomie qui plaît aux tailleurs. Son visage rose aux traits réguliers, d'une réelle beauté, arborait une expression de nonchalante supériorité si appuyée qu'elle ne pouvait être qu'un masque destiné à cacher une timidité juvénile.

Allumant une cigarette, il sortit de l'hôtel. La pluie s'était arrêtée, mais le ciel nuageux promettait une autre averse imminente. Il partit à pied le long de la rue. Je fis de même.

Nous nous rendîmes à un restaurant surchargé de dorures à deux blocs de l'hôtel, où un orchestre tzigane jouait sur une petite loggia périlleusement accrochée au flanc d'un mur. Tous les garçons et la moitié des clients semblaient connaître le jeune homme. Il s'inclinait et souriait à droite et à gauche tout en se dirigeant, à l'autre bout de la salle, vers une table où deux hommes l'attendaient.

L'un d'eux était grand et corpulent, avec des cheveux noirs en broussaille et une longue moustache noire. Son visage coloré au nez court arborait l'expression d'un homme qui ne craint pas de se bagarrer de temps à autre. Vêtu d'un uniforme militaire vert et or, il portait de hautes bottes du cuir noir le plus brillant. Son compagnon, en tenue de soirée, était un homme basané et rondouillard de taille moyenne, avec des cheveux noirs graisseux et un visage ovale à l'expression suave.

Tandis que le jeune Grantham s'installait avec eux, je me trouvai une table à quelque distance de la leur. Après avoir commandé mon dîner, je promenai un regard circulaire sur mes voisins. Des uniformes étaient disséminés dans la salle, ainsi que quelques smokings et robes du soir, mais la plupart des convives portaient leurs vêtements ordinaires. Je remarquai deux visages probablement anglais, un Grec ou deux et quelques Turcs. La cuisine était bonne, mon appétit de même. Je fumais une cigarette devant une minuscule tasse de café sirupeux lorsque Grantham et le gros officier se levèrent et sortirent.

Je n'aurais pu obtenir mon addition et la régler à temps pour les suivre sans susciter de perturbations; je les laissai donc partir, terminai mon repas et attendis que l'homme brun et rondouillard resté à leur table demandât son addition. J'étais dans la rue une minute avant lui, planté sur le trottoir, regardant en direction de la place faiblement éclairée en m'efforçant d'arborer l'expression d'un touriste qui ne sait pas trop où aller.

Il passa à côté de moi et remonta la rue boueuse de la démarche silencieuse et circonspecte d'un chat.

Un soldat — un homme osseux en vareuse de

peaux de mouton et casquette, avec une moustache grise hérissée au-dessus de lèvres grises et ricanantes — surgit d'un porche obscur et arrêta l'homme basané en s'adressant à lui d'une voix geignarde.

L'homme basané leva les mains et les épaules en un geste qui trahissait à la fois la colère et la surprise.

Le soldat geignit de nouveau, mais le rictus s'accentua sur ses lèvres. La voix de l'homme rondouillard était basse, sèche, irritée, mais sa main, sortie de sa poche, se tendit vers le soldat et j'y aperçus le reflet brunâtre des billets de banque muraviens. Le soldat empocha l'argent, leva la main pour saluer et traversa la rue.

Lorsque l'homme basané eut cessé de regarder en direction du soldat, je me dirigeai vers le coin de rue où peau de mouton et casquette venaient de disparaître. Mon soldat, distant d'une centaine de mètres, avançait à grands pas, tête baissée. Il était pressé. Je dus me livrer à une sérieuse gymnastique pour ne pas me laisser distancer. Les constructions se firent bientôt plus espacées. Plus elles se clairsemaient, moins cette expédition me plaisait. Une filature se fait dans les meilleures conditions en plein jour, au cœur d'une grande cité familière. Cette filature-là se faisait dans les pires conditions.

Je le suivis hors de la ville le long d'une route de bitume bordée de quelques rares maisons. Je restais aussi loin en arrière que je pouvais, si bien qu'il se résumait pour moi à une silhouette indécise. A une courbe brusque de la route, il disparut. Je me mis à courir vers le tournant, avec l'intention de me tenir de nouveau à distance dès que je l'aurais franchi. Dans ma précipitation, je faillis bien tout flanquer par terre. Subitement, le soldat réapparut au tournant, revenant vers moi. En retrait, à proximité de moi, une petite pile de bois de construction sur le bas-côté de la route était le seul abri en vue à trente mètres à la ronde. J'agitai mes courtes jambes dans cette direction.

A l'une des extrémités irrégulièrement entassées, s'ouvrait une espèce de cavité presque assez grande pour me dissimuler. Agenouillé dans la boue, je m'y accroupis.

Je vis surgir le soldat dans une fente entre deux planches. Du métal luisait dans une de ses mains. Un couteau, pensai-je. Mais, lorsqu'il s'arrêta juste à ma hauteur, je vis que c'était un revolver nickelé à l'ancienne mode.

Immobile, il examina mon abri, puis la route dans les deux directions. Il émit un grognement, avança vers moi. Des échardes m'éraflèrent la joue tandis que je m'aplatissais davantage contre les planches. Mon pistolet était avec ma matraque — au fond de ma valise, dans ma chambre d'hôtel. Parfait endroit pour ces objets en de telles circonstances! Le revolver du soldat étincelait dans sa main.

Des gouttes de pluie commencèrent à tomber sur les planches et le sol. Tout en avançant, le soldat releva le col de sa veste. Jamais je n'avais été témoin d'un geste qui me fît autant plaisir. Un homme qui en traque un autre n'aurait pas eu ce geste. Il ne savait pas que j'étais là. Il cherchait lui-même une cachette. Les chances étaient égales. S'il me trouvait, il était armé, mais je l'avais vu le premier.

Sa vareuse en peau de mouton frotta contre le bois quand il passa devant moi, courbé en deux, pour gagner l'arrière de la pile, si proches que nous devions, semblait-il, être touchés par les mêmes gouttes de pluie. Après quoi, je desserrai les poings. Je ne le voyais pas mais je l'entendais respirer, se gratter et même fredonner.

Deux ou trois semaines s'écoulèrent.

La boue dans laquelle j'étais agenouillé traversait le tissu de mon pantalon, me trempait les genoux et les jambes. Le bois grossier m'écorchait la joue à chaque aspiration. Ma bouche était aussi sèche que mes genoux l'étaient peu, car je respirais les lèvres entrouvertes pour éviter tout bruit.

Une automobile surgit au tournant, roulant vers la ville. J'entendis le soldat pousser un léger grognement, perçus le déclic de son revolver qu'il armait. La voiture passa à notre hauteur, poursuivit son chemin. Le soldat exhala son souffle et se remit à se gratter et à fredonner.

Deux autres semaines s'écoulèrent.

Des voix masculines nous parvinrent à travers la pluie, à peine audibles, plus fortes, tout à fait distinctes. Quatre soldats vêtus de peau de mouton et chapeaux avançaient sur la route dans la direction que nous avions suivie, et leurs voix s'éteignirent bientôt quand ils disparurent au tournant.

Au loin, le klaxon d'une voiture aboya deux notes discordantes. Le soldat émit un grognement — un grognement qui disait clairement : « Cette fois, ça y est! » Ses pieds pataugèrent dans la boue et la pile de planches grinça sous son poids. Je ne voyais pas ce qu'il fabriquait.

Une lumière blanche dansa dans la courbe de la route et une autre automobile apparut, une voiture puissante lancée en direction de la ville à une allure qui ne tenait pas compte de la route humide et glissante. La pluie, l'obscurité et la vitesse brouillaient les silhouettes de ses deux occupants, installés à l'avant.

Au-dessus de ma tête, un gros revolver tonna. Le soldat était passé à l'action. La voiture fit une violente embardée sur le bitume mouillé, dans un hurlement de freins.

Quand la sixième détonation m'apprit que le barillet de son revolver nickelé était sans doute vide, je bondis hors de mon trou.

Le soldat penché sur la pile de bois, son arme toujours braquée sur la voiture qui dérapait, s'efforçait de voir à travers la pluie.

Il pivota au moment même où je l'apercevais, braqua son arme sur moi et aboya un ordre que je ne pus comprendre. Supposant la dernière balle tirée, je levai les deux mains au-dessus de ma tête, pris une mine stupéfaite et lui lançai un coup de pied dans le ventre.

Il se replia sur moi, basculant par-dessus ma jambe. Nous nous écroulâmes tous les deux. J'étais dessous, mais sa tête se trouvait contre ma cuisse. Sa casquette tomba. Je lui empoignai les cheveux à deux mains et, d'un coup de reins, me mis sur mon séant. Ses dents s'enfoncèrent dans ma jambe. Je le gratifiai de quelques épithètes désagréables et appliquai mes deux pouces au creux des maxillaires, juste sous ses oreilles. Je n'eus pas à presser bien fort pour lui apprendre qu'il ne fallait pas mordre les gens. Lorsqu'il leva la tête pour glapir, je lui décochai une droite bien ajustée, lui projetant en même temps la tête en avant de ma main gauche crispée dans ses cheveux. C'était un gnon de la bonne fabrique.

Je le repoussai de la jambe, me relevai, l'attrapai à pleine main par le col de sa vareuse et le traînai sur la route.

Une lumière blanche nous inonda. Plissant les yeux pour m'en protéger, je vis l'automobile immobilisée sur la route, son projecteur braqué sur moi et mon sparring-partner. Un gros homme en vert et or s'avança dans le faisceau lumineux : c'était l'officier rubicond que j'avais vu en compagnie de Grantham au restaurant. Il tenait un automatique à la main.

Il s'approcha de nous, les jambes raides dans ses hautes bottes, n'accorda pas un regard au soldat à terre et m'examina attentivement de ses petits yeux noirs et aigus.

— Anglais? demanda-t-il.

— Américain.

Il mordilla un coin de sa moustache et déclara, ce qui n'avait aucun sens :

— Oui, c'est mieux.

Son anglais était guttural, teinté d'un accent allemand.

Lionel Grantham descendit de la voiture et nous rejoignit. Son visage n'était plus aussi rose qu'il l'avait été.

— Que se passe-t-il? demanda-t-il à l'officier, mais c'était moi qu'il regardait.

— Je ne sais pas, dis-je. Je me promenais après le dîner et je me suis trompé dans les indications qu'on m'avait données. En me retrouvant ici, j'en ai déduit que je me trompais de direction. Et, au moment où j'allais faire demi-tour, j'ai vu ce type se cacher derrière la pile de bois. Il avait un revolver à la main. J'ai pensé qu'il mijotait un mauvais coup et je me suis approché en catimini. Au moment où j'allais l'atteindre, il s'est relevé d'un bond et s'est mis à vous canarder. Je lui ai sauté dessus juste à temps pour faire dévier le tir. C'est un ami à vous?

— Vous êtes américain, dit le jeune homme. Je suis Lionel Grantham. Et voici le colonel Einarson. Nous vous sommes très reconnaissants. (Plissant le front, il se tourna vers Einarson.) Qu'en pensez-vous?

L'officier haussa les épaules, gronda : « Un de mes enfants... nous verrons », et décocha un coup de pied dans les côtes de l'homme étendu à terre.

Ce coup de pied ramena le soldat à la vie. Il s'assit, roula sur le côté pour se retrouver à quatre pattes et, la voix entrecoupée, se lança dans une longue supplique, tout en tiraillant de ses mains sales la tunique du colonel.

— Ach!

Einarson lui rabattit les mains d'un coup de crosse sur les jointures, examina avec dégoût les marques boueuses sur sa tunique et aboya un ordre.

Le soldat se releva d'un bond, se mit au garde-à-vous. reçut un nouvel ordre, exécuta un demi-tour et marcha jusqu'à l'automobile. Le colonel Einarson le suivit de sa démarche raide, son automatique pointé sur le dos de l'homme. Grantham me posa une main sur le bras.

— Venez avec nous, dit-il. Nous vous remercierons comme il se doit et ferons plus ample connaissance une fois que nous nous serons occupés de ce type.

Le colonel Einarson se mit au volant. le soldat à côté de lui. Grantham attendit pendant que je délestais le soldat de son revolver. Puis nous nous installâmes à l'arrière. L'officier me jeta du coin de l'œil un regard ambigu, mais ne dit rien. Il repartit de la même allure qu'il était venu. Il aimait la vitesse et le trajet était court. A peine nous étions-nous enfoncés dans nos sièges que la voiture s'engouffrait par un portail ouvert dans un haut mur de pierre et encadré par deux sentinelles présentant les armes. Nous décrivîmes en dérapant un demi-cercle pour nous engager dans une bifurcation et stoppâmes brutalement devant une bâtisse carrée crépie en blanc.

Einarson poussa le soldat hors de la voiture. Grantham et moi descendîmes à notre tour. Sur la gauche, une rangée de longues constructions basses se profilaient en gris clair à travers la pluie, des casernements. La porte de la bâtisse carrée et blanche fut ouverte par une ordonnance barbue, habillée en vert. Nous entrâmes. Poussant son prisonnier, Einarson lui fit traverser un petit bureau de réception et franchir la porte ouverte d'une chambre. Grantham et moi les suivîmes. L'ordonnance s'immobilisa sur le seuil, échangea quelques mots avec Einarson et repartit, fermant la porte derrière lui.

La pièce dans laquelle nous nous trouvions ressemblait à une cellule, sauf qu'il n'y avait pas de barreaux à l'unique et minuscule fenêtre. C'était une pièce étroite avec des murs et un plafond nus et chaulés. Le parquet de bois, lessivé au point d'être presque aussi blanc que les murs, était également nu. Pour tout mobilier, il y avait un lit de camp de métal noir, trois chaises pliantes en bois et en toile et une commode en bois blanc sur laquelle étaient posés un peigne, une brosse et quelques papiers. C'était tout.

— Asseyez-vous, messieurs, dit Einarson en indiquant les chaises pliantes. Nous allons régler cette affaire tout de suite.

Le jeune homme et moi nous assîmes. L'officier posa son pistolet sur la commode, s'y accouda à toucher l'arme, saisit une pointe de sa moustache entre les doigts d'une de ses grandes mains rougeaudes et s'adressa au soldat. Sa voix était amicale, paternelle. Le soldat, rigide, au garde-à-vous au milieu de la pièce, répondit d'une voix geignarde, fixant sur l'officier un regard vide, comme tourné vers l'intérieur.

Ils parlèrent pendant environ cinq minutes.

Le ton et l'attitude du colonel trahissaient une impatience croissante. Le soldat conservait son attitude abjecte, son air absent. Einarson se mit à grincer des dents et tourna vers le jeune homme et moi un regard furieux.

— Le porc! s'exclama-t-il.

Et il commença à invectiver le soldat.

La sueur perla brusquement sur le visage grisâtre du soldat et il se recroquevilla sur place, perdant sa rigidité toute militaire. Einarson cessa de l'apostropher et hurla deux mots en direction de la porte. Elle s'ouvrit et l'ordonnance entra, apportant un fouet en cuir, court et épais. Sur un signe d'Einarson, il posa le fouet sur la commode à côté de l'automatique et ressortit.

Le soldat laissa échapper un bref gémissement. Einarson lui parla d'un ton sec. Le soldat frissonna et commença à déboutonner sa vareuse avec des doigts tremblants tout en suppliant le colonel d'une voix geignarde, bredouillante. Il ôta sa vareuse, sa blouse verte, son maillot de corps gris, les laissant tomber à terre, et resta planté là, ayant dénudé son torse velu et d'une propreté douteuse. Puis il se mit à pleurer en se tordant les doigts.

Einarson grogna un mot. Le soldat se raidit au garde-à-vous, les mains pendantes à ses côtés, face à nous, son flanc gauche tourné vers Einarson.

Lentement, le colonel Einarson dégrafa son propre ceinturon, déboutonna sa tunique, la plia avec soin et la posa sur le lit de camp. En dessous, il portait une chemise de coton blanc. Il roula ses manches au-dessus du coude et saisit le fouet.

— Le porc! dit-il de nouveau.

Lionel Grantham, mal à l'aise, s'agita sur sa chaise. Il avait le visage blême et son regard était sombre.

Le coude gauche appuyé de nouveau sur la commode, jouant avec sa moustache de la main gauche, se tenant jambes croisées dans une pose indolente, Einarson commença à flageller le soldat. De sa main libre, il brandit le fouet, l'abattit, la mèche sifflante, sur le dos du soldat, l'éleva de nouveau, l'abattit. La scène était particulièrement déplaisante parce qu'il ne se pressait pas, ne faisait pas d'effort. Il comptait fustiger l'homme jusqu'à ce qu'il en obtînt ce qu'il désirait et gardait ses forces pour pouvoir faire durer la séance aussi longtemps que ce serait nécessaire.

Au premier coup, la terreur disparut des yeux du soldat. Ils devinrent soudain mornes et opaques et ses lèvres cessèrent de tressaillir. Il subissait la correction sans broncher, le regard fixé au-dessus de la tête de Grantham. Le visage de l'officier s'était également vidé de toute expression. Sa colère avait disparu. Il ne semblait prendre aucun plaisir à cette besogne, pas même celui de soulager sa rancœur. Son expression était celle d'un chauffeur pelletant du charbon, d'un charpentier sciant une planche, d'un sténographe tapant une lettre. Il avait une tâche à accomplir en bon ouvrier, sans hâte, sans fébrilité, sans perte d'énergie, sans enthousiasme ni répulsion. C'était horrible, mais j'en conçus un certain respect pour ce colonel Einarson.

Lionel Grantham était assis au bord de sa chaise, un cerne blanc autour de ses yeux qui restaient rivés sur le soldat. Je lui offris une cigarette et me livrai à une opération inutilement compliquée pour la lui allumer ainsi que la mienne, afin de l'interrompre dans sa comptabilité. Il comptait les coups et ça n'était pas bon pour lui.

Le fouet s'élevait, s'abaissait en sifflant, claquait sur le dos nu, encore, encore, encore! Le visage coloré d'Einarson acquérait cette patine luisante que confère un exercice modéré. Le visage grisâtre du soldat évoquait une masse informe de mastic. Il se tenait face à Grantham et à moi. Nous ne pouvions pas voir les marques du fouet.

Grantham se chuchota quelque chose à lui-même. Puis il dit d'une voix haletante :

— Je ne peux pas supporter ça.

Einarson ne détourna même pas les yeux.

— N'arrêtez pas maintenant, marmonnai-je. Au point où nous en sommes...

Le jeune homme se leva en chancelant, se dirigea vers la fenêtre, l'ouvrit et demeura immobile à contempler la nuit striée de pluie. Einarson ne lui prêta aucune attention. Il portait maintenant des coups plus appuyés, debout, les jambes écartées, légèrement penché en avant, la main gauche sur la hanche, la droite brandissant et abaissant le fouet de plus en plus vite.

Le soldat vacilla et un sanglot souleva sa poitrine velue. Le fouet cinglait, cinglait, cinglait. Je regardai ma montre. Einarson s'escrimait depuis quarante minutes et semblait bon pour y passer le reste de la nuit.

Le soldat gémit et se tourna vers l'officier. Einarson ne rompit pas le rythme de ses coups. La mèche du fouet entailla l'épaule de l'homme. J'aperçus fugitivement son dos, entièrement à vif. Einarson prononça un mot sec. Le soldat se raidit de nouveau au garde-à-vous, son flanc gauche tourné vers l'officier. Le fouet continuait son œuvre, s'élevait, s'abaissait, s'élevait, s'abaissait.

Le soldat se jeta à quatre pattes aux pieds d'Einarson et commença à déverser un flot de paroles entrecoupées de sanglots. Einarson le regardait, l'écoutant avec soin, tenant à la main gauche la mèche du fouet, le manche toujours dans la main droite. Lorsque l'homme eut terminé, Einarson posa des questions, obtint des réponses, opina du bonnet et l'homme se releva. Einarson posa une main amicale sur l'épaule de l'homme, le fit pivoter, contempla le dos déchiqueté et prononça quelques mots d'une voix compatissante. Il appela ensuite l'ordonnance et lui donna quelques ordres. Le soldat, laissant échapper un gémissement en se baissant, ramassa ses vêtements par terre et suivit l'ordonnance hors de la pièce.

Einarson jeta le fouet sur la commode et s'approcha du lit pour reprendre sa tunique. Un calepin en cuir s'échappa d'une poche intérieure et tomba à terre. Lorsqu'il le ramassa, une coupure de presse défraîchie en glissa et vint voleter jusqu'à mes pieds. Je la ramassai et la lui tendis :

c'était la photographie d'un homme, le shah de Perse, d'après une légende en français sous le portrait.

— Ce porc! dit-il, parlant du soldat et non pas du shah, en remettant sa tunique qu'il boutonna. Il a un fils qui faisait également partie de mes troupes jusqu'à la semaine dernière. Ce fils boit trop de vin. Je le réprimande. Il se montre insolent. Quel genre d'armée peut-on avoir sans discipline? Des porcs! J'assomme ce porc et il sort un couteau. Ach! Qu'est-ce qu'une armée où un soldat peut attaquer un officier avec un couteau? Après en avoir — personnellement, comprenez bien — terminé avec ce salaud, je le fais passer en cour martiale et condamner à vingt ans de prison. Ce porc plus âgé, le père, n'aime pas ça. Alors, ce soir, il veut me descendre. Ach! En voilà une armée!

Lionel Grantham se détourna de sa fenêtre. Son visage juvénile était hagard. Dans son regard également juvénile semblait se lire la honte que lui inspirait l'expression même de son visage.

Le colonel Einarson s'inclina avec raideur devant moi et me gratifia d'un petit discours protocolaire pour me remercier d'avoir déréglé le tir du soldat — ce que je n'avais pas fait — et de lui avoir ainsi sauvé la vie. La conversation dévia ensuite sur ma présence en Muravie. Je leur expliquai brièvement que j'avais eu le grade de capitaine dans les services de renseignements pendant la guerre. Sur ce point, au moins, je disais la vérité et je n'allai d'ailleurs pas au-delà en fait de vérité. Après la guerre — poursuivait mon conte de fées — j'avais décidé de rester en Europe, m'y étais fait démobiliser et avais voyagé au hasard, effectuant des boulots variés çà et là. Je restai dans le vague, essayant de leur donner l'impression que ces boulots variés n'avaient pas toujours été, ou de façon générale, très avouables. Je leur fournis des détails plus précis, tout aussi imaginaires, sur mon dernier emploi auprès d'un syndicat français, admettant que j'avais atterri dans ce coin du globe parce qu'il me semblait plus raisonnable de ne pas être vu en Europe occidentale pendant un an ou deux.

— Rien qui aurait pu me valoir la prison, dis-je, mais j'aurais pu me retrouver dans une situation désagréable. Alors j'ai circulé au petit bonheur en *Mitteleuropa,* appris que j'établirais peut-être des contacts à Belgrade, y suis allé pour m'apercevoir que c'était une fausse piste, et j'ai continué jusqu'ici. J'y décrocherai peut-être quelque chose. J'ai rendez-vous demain avec le ministre de la Police. Je me crois en mesure de lui expliquer comment il pourrait utiliser mes services.

— Le gros Djudakovich! s'exclama Einarson avec un mépris non déguisé. Vous le trouvez à votre goût?

— Pas de boulot, pas de bifteck, dis-je.

— Einarson, intervint vivement Grantham qui hésita avant de poursuivre. Ne pourrions-nous pas... ne croyez-vous pas...?

Il n'acheva pas sa phrase.

Le colonel le considéra avec un froncement

de sourcils, s'aperçut que ce froncement de sourcils ne m'avait pas échappé, se racla la gorge et s'adressa à moi avec une cordialité bourrue :

— Peut-être vaudrait-il mieux ne pas vous engager trop vite avec ce ministre obèse. Il se pourrait... il est possible que nous connaissions un autre domaine où vos talents pourraient s'exercer de façon plus agréable... et plus profitable pour vous.

Je laissai la question en suspens, ne disant ni oui ni non.

Nous regagnâmes la ville dans la voiture de l'officier. Lui et Grantham étaient installés à l'arrière. J'étais assis à côté du soldat qui conduisait. Le jeune homme et moi descendîmes devant l'hôtel. Einarson nous dit bonsoir et fut emmené comme s'il était fort pressé.

— Il est encore tôt, dit Grantham, comme nous pénétrions dans le hall. Venez donc dans ma chambre.

Je m'arrêtai dans la mienne pour me débarrasser de la boue que j'avais récoltée derrière la pile de bois et pour changer de vêtements, et montai ensuite avec lui. Il occupait trois pièces au dernier étage, donnant sur la place.

Il sortit une bouteille de whisky, un siphon, des citrons, des cigares et des cigarettes et nous nous mîmes à boire, à fumer et à bavarder. Quinze ou vingt minutes de conversation tout aussi superficielle de part et d'autre — des commentaires sur les aventures de la nuit, nos opinions sur Stefania, et ainsi de suite. Chacun de nous avait quelque chose à dire à l'autre. Chacun jaugeait l'autre avant de se hasarder. Je décidai de prendre les devants.

— Le colonel Einarson nous a emmenés en balançoire cette nuit, dis-je.

— En balançoire? fit le jeune homme en se redressant sur sa chaise et en clignant des yeux.

— Son soldat l'a canardé pour de l'argent, pas pour se venger.

— Vous voulez dire...? (Il était bouche bée.)

— Je veux dire que ce petit homme brun avec qui vous avez dîné a remis de l'argent au soldat.

— Mahmoud! Mais, voyons, c'est... Vous êtes sûr?

— Je l'ai vu faire.

Il se mit à contempler ses pieds, détachant son regard du mien comme pour ne pas me montrer qu'il me prenait pour un menteur.

— Le soldat a peut-être menti à Einarson, dit-il, s'efforçant toujours de me cacher sa défiance. Je comprends un peu la langue, quand elle est parlée par les Muraviens cultivés, mais pas le patois que parlait le soldat, je ne sais donc pas ce qu'il a dit, mais il a pu mentir. vous savez.

— Sûrement pas, répliquai-je. Je parierais ma dernière chemise qu'il disait la vérité.

Il continuait à fixer ses pieds tendus devant lui, tout en conservant une expression calme et détachée. Puis quelques mots lui échappèrent, traduisant partiellement sa pensée.

— Bien sûr, j'ai une énorme dette envers vous pour nous avoir sauvés...

— Pas du tout. Remerciez plutôt la maladresse

du soldat. Je ne lui ai sauté dessus qu'une fois son revolver vide.

— Mais...

Ses yeux se dilatèrent, et si j'avais sorti une mitrailleuse de ma manche il n'en aurait pas été tellement surpris. Il me croyait capable de tout. Je me maudis d'avoir dévoilé ainsi mon jeu. Il ne me restait plus qu'à abattre les cartes.

— Ecoutez, Grantham. A peu près tout ce que je vous ai raconté sur moi, à vous et à Einarson, était entièrement bidon. C'est votre oncle, le sénateur Walbourn, qui m'a envoyé ici. Vous étiez censé être à Paris. Une grosse partie de votre fric était expédiée à Belgrade. Le sénateur a trouvé ça louche, il ne savait pas à quel petit jeu vous étiez en train de jouer ou si quelqu'un essayait de vous pigeonner. Je suis allé à Belgrade, ai découvert que vous étiez ici où je viens de débarquer. En suivant cet argent à la trace, je suis remonté jusqu'à vous, je vous ai parlé. C'est tout ce qu'on m'avait chargé de faire. Mon boulot est terminé, à moins que je puisse faire quelque chose pour vous maintenant.

— Absolument rien, dit-il, très calme. Merci quand même. (Il se leva et bâilla.) Je vous reverrai peut-être avant votre départ.

— Ouais. (Il m'était facile de manifester une indifférence égale à la sienne; je n'avais nulle trace de rage à dissimuler.) Bonsoir.

Je descendis à ma chambre, me couchai et sombrai dans le sommeil.

Je dormis tard, le lendemain matin, et pris mon petit déjeuner dans ma chambre. J'en étais au milieu lorsque de petits coups secs retentirent à ma porte. Un homme trapu en uniforme gris froissé, rehaussé d'une épée courte et trapue entra, me salua, me remit une enveloppe carrée blanche, jeta un regard d'envie sur les cigarettes américaines posées sur ma table, sourit et en prit une lorsque je lui tendis le paquet, salua de nouveau et sortit.

L'enveloppe carrée était libellée à mon nom d'une petite écriture, très simple et arrondie, mais sans rien d'enfantin. J'en tirai un message rédigé de la même main :

Le ministre de la Police regrette que des affaires de service l'empêchent de vous recevoir cet après-midi.

C'était signé « Romaine Frankl » et suivit d'un post-scriptum : *S'il vous est possible de venir me voir ce soir après neuf heures, peut-être vous ferai-je gagner du temps.* *R.F.*

En dessous figurait une adresse.

Je glissai le message dans ma poche et criai « Entrez! » à un autre coup frappé à ma porte.

Lionel Grantham apparut. Son visage était pâle et fermé.

— Bonjour, dis-je d'un ton naturel et enjoué, comme si je n'attachais aucune importance à l'incident de la nuit précédente. Avez-vous déjà déjeuné? Asseyez-vous et...

— Oh! oui, merci, j'ai mangé. (Son beau visage coloré rougissait.) Pour hier soir... j'étais...

— N'y pensez plus! Personne n'aime qu'on fouine dans ses affaires.

— C'est très aimable à vous, dit-il, en tordant son chapeau entre ses mains. (Il se racla la gorge.) Vous m'avez dit que vous... euh... étiez prêt à m'aider si je le désirais.

— Oui. Certainement. Asseyez-vous.

Il s'assit, toussa, se passa la langue sur les lèvres.

— Vous n'avez parlé à personne de ce qui s'est passé la nuit dernière avec le soldat?

— Non.

— Et vous continuerez à n'en pas parler?

— Pourquoi?

Il contempla les reliefs de mon petit déjeuner et ne répondit pas. J'allumai une cigarette pour accompagner mon café et attendis. Mal à l'aise, il s'agita sur sa chaise et, sans lever les yeux, demanda :

— Vous savez que Mahmoud a été tué la nuit dernière?

— L'homme qui se trouvait au restaurant avec vous et Einarson?

— Oui. Il a été abattu devant chez lui un peu après minuit.

— Einarson?

Le jeune homme sursauta.

— Non! cria-t-il. Pourquoi dites-vous ça?

— Einarson savait que Mahmoud avait payé le soldat pour le liquider, alors il a liquidé Mahmoud ou l'a fait liquider. Lui avez-vous répété ce que je vous ai dit la nuit dernière?

— Non. (Il rougit.) C'est gênant d'apprendre que votre famille vous envoie un tuteur.

Je hasardai une hypothèse.

— Il vous a dit de me proposer le travail dont il avait parlé la nuit dernière et de me recommander de ne pas parler du soldat. C'est bien ça?

— O-u-i.

— Eh bien, allez-y, offrez.

— Mais il ne sait pas que vous...

— Qu'allez-vous faire, alors? lui demandai-je. Si vous ne me faites pas cette proposition, il vous faudra lui dire pourquoi.

— Oh! Seigneur, quelle salade! dit-il avec lassitude, en s'accoudant sur ses genoux, le visage entre les mains et en posant sur moi le regard tourmenté d'un petit garçon qui trouve la vie trop compliquée.

Il était mûr pour parler. Je lui souris, finis mon café et attendis.

— Vous savez très bien que je ne vais pas me laisser ramener chez moi par le bout de l'oreille, dit-il dans un soudain élan de défi assez puéril.

— Vous savez très bien que je ne vais pas essayer de vous ramener, le calmai-je.

Là-dessus, nous sombrâmes de nouveau dans le silence. Je fumais tandis qu'il se tenait la tête, rongé de soucis. Au bout d'un moment, il s'agita sur sa chaise, redressa le buste et son visage devint absolument cramoisi de la racine des cheveux à son col.

— Je vais vous demander votre aide, dit-il,

affectant d'ignorer qu'il rougissait. Je vais vous raconter toute cette histoire absurde. Si vous riez, je... Vous ne rirez pas, n'est-ce pas?

— Si c'est drôle, je rirai sans doute, mais ça ne m'empêchera pas de vous aider.

— C'est ça, riez donc! C'est idiot! Vous devriez rire! (Il respira profondément.) Avez-vous... avez-vous jamais songé que vous aimeriez être... (Il s'interrompit, me regarda avec une sorte de timidité désespérée, se ressaisit et hurla presque le dernier mot.)... roi?

— Peut-être. J'ai pensé à des tas de choses que j'aimerais être, et ça pourrait être l'une d'entre elles.

— J'ai fait la connaissance de Mahmoud à un bal de l'Ambassade, à Constantinople, dit-il, plongeant tête baissée dans son histoire, enchaînant les mots sur un rythme précipité comme s'il était heureux de s'en débarrasser. Il était le secrétaire du président Semich. Nous sommes devenus assez amis, bien que je ne l'aie pas trouvé particulièrement sympathique. Il m'a persuadé de l'accompagner ici et m'a présenté au colonel Einarson. Puis ils... il n'y a pas de doute que ce pays est médiocrement gouverné. Je ne me serais pas lancé dans tout ça s'il n'en avait pas été ainsi.

» Une révolution se préparait. L'homme qui devait la diriger venait de mourir. Elle était compromise, en outre, par le manque d'argent. Croyez-moi, ça n'est pas uniquement la vanité qui m'a poussé là-dedans. Je croyais — et je le crois encore — que ce serait, que ce sera, pour le bien du pays. Leur proposition, c'était que, si je financais la révolution, je pourrais... je pourrais devenir roi.

» Mais, attendez! Dieu sait que c'est ridicule, mais ne croyez pas que c'est plus idiot que ça ne l'est! L'argent que je possède serait très utile dans ce petit pays appauvri. En outre, avec un chef d'Etat américain, ce serait plus facile — ça devrait l'être, pour le pays de lancer un emprunt aux U. S. A. ou à l'Angleterre. Il faut également considérer l'angle politique. La Muravie est entourée par quatre pays, dont chacun est assez fort pour l'annexer si l'envie lui en prend. La Muravie a conservé son indépendance jusqu'à ce jour uniquement à cause de la jalousie qui sévit entre ses voisins plus fort et parce qu'elle n'a pas de port de mer.

» L'Albanie, peu après la Première Guerre mondiale, a songé à la même solution et offert sa couronne à un des riches Bonaparte américains. Il n'en a pas voulu. C'était un homme âgé et il avait déjà sa carrière faite. Moi, j'ai voulu saisir ma chance quand elle s'est présentée. Il y a eu (une partie de la gêne qui l'avait abandonné tandis qu'il parlait revint.)... il y a eu des rois parmi les ancêtres des Grantham. Nous avons remonté notre lignée jusqu'à Jacques IV d'Ecosse. Je voulais... l'idée de redonner une couronne à la descendance était agréable.

» Nous ne projetions pas une révolution violente. Einarson tient l'armée. Il nous suffisait d'utiliser cette armée pour forcer les Députés — ceux qui ne s'étaient pas déjà ralliés à nous — à changer la forme du Gouvernement et à m'élire roi. Mon ascendance rendait la tâche plus facile que si le candidat n'avait pas eu du sang royal en lui. Cela me conférerait un certain standing malgré... malgré ma jeunesse, et... et le peuple désire sincèrement un roi, en particulier les paysans. Privés de roi, ils ne se croient pas vraiment dignes de se considérer comme une nation. Un président n'est rien, à leurs yeux, c'est simplement un homme ordinaire tout comme eux. Alors, voyez-vous, je... c'était... Allez-y, riez donc! Vous en avez entendu assez pour savoir que c'est idiot! (Sa voix était devenue suraiguë, stridente.) Riez! Pourquoi ne riez-vous pas?

— Pour quelle raison? demandai-je. C'est insensé, Dieu sait, mais pas idiot. Votre raisonnement était boiteux, mais quant à votre culot, il n'y a rien à redire. Vous parlez de tout ça comme si c'était mort et enterré. L'opération a loupé?

— Non, pas du tout, répondit-il avec lenteur en fronçant les sourcils, mais j'ai sans cesse l'impression que si. La mort de Mahmoud ne devrait rien changer à la situation et pourtant, j'ai le sentiment que tout est terminé.

— Vous y avez laissé beaucoup d'argent?

— Ça, ça m'est égal. Mais... eh bien... supposons que les journaux américains s'emparent de l'histoire, et c'est probablement ce qui va se passer. Vous savez à quel point ils pourraient tourner toute l'affaire en ridicule. Sans parler des autres qui seront mis au courant : ma mère, mon oncle, la Trust Company. Je ne prétendrai pas ne pas avoir honte de les affronter. Et puis...

(Son visage s'empourpra de nouveau.)... et puis Valeska — Miss Radnjak — son père devait diriger la révolution. Et il l'a dirigée d'ailleurs, jusqu'à ce qu'il soit assassiné. Elle est... je ne pourrai jamais lui arriver à la cheville. (Il prononça cette phrase sur un ton de respect étrangement stupide.) Mais j'avais espéré qu'en menant à bien la tâche entreprise par son père, et si j'avais autre chose à lui offrir que de l'argent, si j'avais accompli quelque chose, si je m'étais fait une place au soleil, elle pourrait peut-être... vous comprenez.

— Euh-euh, fis-je.

— Que vais-je faire? demanda-t-il d'un ton pressant. Je ne peux pas m'enfuir. Je dois aller jusqu'au bout, pour elle, et pour conserver mon respect de moi-même. Mais j'ai l'impression que tout est terminé. Vous m'avez proposé de m'aider. Alors, aidez-moi. Dites-moi ce que je dois faire.

— Vous ferez ce que je vous dirai si je vous promets de vous tirer de là la tête haute? demandai-je, comme si piloter les descendants millionnaires des rois d'Ecosse dans les méandres de complots balkaniques était monnaie courante pour moi et faisait simplement partie de mon boulot quotidien.

— Oui!

— Quel est le point suivant sur le programme révolutionnaire?

— Il y a une réunion ce soir. Je dois vous y amener.

— A quelle heure?

— Minuit.

— Je vous retrouverai ici à onze heures et demie. Que suis-je censé savoir?

— Je devais vous parler du complot et vous inciter par tous les moyens possibles à en faire partie. Nous n'avons pas décidé de façon précise ce que je devais vous dire ou vous cacher.

A neuf heures et demie, ce soir-là, un taxi me déposa à l'adresse que m'avait donnée la secrétaire du ministre de la Police dans son message. C'était une petite maison à un étage dans une rue mal pavée de la banlieue est de la ville. Une femme entre deux âges, avec des vêtements d'une méticuleuse propreté, amidonnés au maximum et qui lui allaient très mal, m'ouvrit la porte. Avant que j'aie pu parler, Romaine Frankl, en robe de satin rose sans manches, apparut derrière la femme, me sourit et me tendit sa main menue.

— Je ne savais pas si vous viendriez, dit-elle.

— Pourquoi? demandai-je, affichant une grande surprise à l'idée qu'un homme pût dédaigner une invitation venant d'elle, tandis que la servante fermait la porte et me débarrassait de mon pardessus et de mon chapeau.

Nous étions dans une pièce tapissée de papier rose pâle, dont le décor se rehaussait de tapis d'une splendeur toute orientale. La seule note discordante était un immense fauteuil de cuir.

— Nous allons monter au premier, dit la jeune fille, et elle adressa à la servante quelques mots pour moi dépourvus de sens, le prénom de Marya excepté. Ou bien, reprit-elle en anglais en se tournant vers moi, préférez-vous la bière au vin?

Je répondis qu'il n'en était rien et nous gagnâmes le premier, la jeune fille me précédant avec cette grâce fluide qui donnait l'impression qu'elle était portée. Elle me fit entrer dans une pièce noire, blanche et grise, avec un minimum de meubles mais d'un grand raffinement, et dont l'atmosphère, par ailleurs parfaitement féminine, était gâchée par la présence d'un autre énorme fauteuil capitonné.

La jeune fille s'assit sur un divan gris et repoussa une pile de magazines français et autrichiens pour me dégager une place à côté d'elle. Par une porte ouverte, j'apercevais le pied peint d'un lit espagnol, un bout de courte-pointe violette et la moitié d'une fenêtre voilée de rideaux violets.

— Son Excellence était désolée, commença la jeune fille, et elle s'interrompit.

Je considérais, sans ostentation, le vaste siège de cuir. Je savais qu'elle s'était interrompue parce que je le regardais et, en conséquence, je ne détournai pas les yeux.

— Vasilije, reprit-elle d'une voix plus distincte qu'il n'était vraiment nécessaire, était désolé de devoir remettre votre rendez-vous cet après-midi. L'assassinat du secrétaire du Président — vous en avez entendu parler? — nous a obligés à surseoir à tout le reste.

— Oh! oui, ce Mahmoud, dis-je en détournant lentement mon regard de la chaise en cuir pour le poser sur elle. Vous avez découvert qui l'a tué?

Ses yeux à l'iris cerclé de sombre et à la pupille noire semblaient m'étudier de loin tandis qu'elle secouait la tête, faisant danser ses boucles presque noires.

— Probablement Einarson, dis-je.

— Vous n'avez pas perdu votre temps.

Ses yeux étirés vers les tempes par son sourire eurent une sorte de scintillement fugitif.

Marya, la servante, entra, apportant du vin et des fruits qu'elle posa sur une petite table à côté du divan et ressortit. La jeune fille servit le vin et m'offrit des cigarettes dans une boîte en argent. Je les refusai en faveur d'une des miennes. Elle fumait une cigarette égyptienne extra-longue et grosse comme un cigare. Sa main et son visage n'en semblaient que plus menus, ce qui était sans doute le but recherché.

— Quel genre de révolution ont-ils donc réussi à vendre à mon jeune homme? demandai-je.

— Elle était très valable jusqu'à ce qu'elle meure.

— Comment se fait-il qu'elle soit morte?

— Elle... Connaissez-vous un peu notre Histoire?

— Non.

— Eh bien, la Muravie ne doit son existence qu'à la crainte et à la jalousie que s'inspiraient quatre pays. Les cent cinquante ou cent soixante kilomètres carrés qui la composent ne sont pas des terres bien riches. Il n'y a pas grand-chose ici pour tenter spécialement l'un ou l'autre de ces quatre pays, mais ils ne pouvaient pas se mettre d'accord à trois pour le laisser au quatrième. La seule façon de régler le problème était d'en faire un pays séparé. Ce qui a été réalisé en 1923.

» Le docteur Semich a été le premier président élu, avec un mandat de dix ans. Ce n'est pas un homme d'Etat ni un politicien, et il ne le sera jamais. Mais, comme il était le seul Muravien dont on ait jamais entendu parler en dehors de sa ville natale, on a pensé que son élection conférerait quelque prestige à ce pays nouveau. En outre, c'était un honneur digne du seul grand homme de la Muravie. Son rôle devait être purement symbolique. Le pouvoir devait être exercé en réalité par le général Danilo Radnjak, qui avait été élu vice-président, ce qui ici est plus ou moins l'équivalent de votre premier ministre. Le général Radnjak était un homme capable. L'armée avait un culte pour lui, les paysans lui faisaient confiance, et notre *bourgeoisie* le savait honnête, conservateur, intelligent, et aussi apte à gérer les affaires civiles que les affaires militaires.

» Le docteur Semich est un vieux savant très doux qui ne connaît rigoureusement rien aux affaires de ce monde. Voilà qui vous le fera mieux comprendre : il est, de loin, le plus grand bactériologiste vivant, mais il vous dira, si vous êtes intimement lié avec lui, qu'il ne croit pas du tout à la valeur de la bactériologie. « L'humanité doit apprendre à vivre avec les bactéries » comme avec des amis, vous dira-t-il. Nos organismes doivent s'adapter aux maladies, en sorte » que la différence serait négligeable, par exem-

» ple, entre le fait d'avoir la tuberculose ou de ne
» pas l'avoir. C'est là que réside la victoire. Cette
» guerre contre les bactéries est dérisoire. Déri-
» soire mais intéressante. C'est pourquoi nous la
» faisons. Nos recherches dans les laboratoires
» sont parfaitement inutiles, mais elles nous
» amusent. »

» Or, quand les concitoyens de ce vieil utopiste charmant lui ont fait l'honneur de le nommer à la présidence, il a réagi de la pire façon possible. Il a décidé de leur prouver sa reconnaissance en fermant ses laboratoires et en se donnant corps et âme à la direction du gouvernement. Personne ne s'y attendait ou ne le souhaitait. Radnjak aurait dû être le seul chef. Pendant un certain temps, il a réussi à contrôler la situation et tout s'est bien passé.

» Mais Mahmoud avait ses idées, à lui. Il était le secrétaire du docteur Semich, qui avait en lui toute confiance. Il a commencé à faire remarquer au président que Radnjak usurpait de plus en plus souvent les fonctions présidentielles. Radnjak, pour essayer d'empêcher Mahmoud de prendre une trop grande importance, a commis une terrible erreur. Il est allé trouver le docteur Semich et lui a déclaré franchement et honnêtement que personne ne s'attendait à le voir, lui, le Président, consacrer tout son temps aux affaires publiques et que l'intention de ses concitoyens avait été de lui conférer l'honneur d'être le premier président sans lui en imposer les charges.

» Radnjak avait fait le jeu de Mahmoud, et le secrétaire est bientôt devenu le véritable chef du gouvernement. Le docteur Semich était maintenant tout à fait convaincu que Radnjak essayait de le dépouiller de son autorité et, à partir de ce jour-là, Radnjak a eu les mains liées. Le docteur Semich a insisté pour régler lui-même chaque détail des affaires, ce qui revenait à dire que c'était Mahmoud qui s'en chargeait, puisque le Président en sait aussi peu sur le métier de chef d'Etat que lorsqu'il est entré en fonctions. Les protestations, d'où qu'elles pouvaient venir, n'ont servi à rien. Le docteur Semich considérait tout citoyen insatisfait comme un conspirateur complice de Radnjak. Plus Mahmoud était critiqué à la Chambre des Députés, plus le docteur Semich se fiait à lui. L'an dernier, la situation est devenue intolérable et c'est alors que s'est amorcée la révolution.

» Radnjak la dirigeait, bien entendu, et quatre-vingt-dix pour cent au moins des hommes influents de Muravie s'étaient joints au mouvement. L'attitude du peuple dans son ensemble, quant à elle, est difficile à expliquer. Il se compose en majeure partie de paysans, de petits propriétaires terriens, qui demandent seulement qu'on les laisse en paix. Mais il n'y a pas de doute qu'ils préféreraient avoir un roi qu'un président, et on devait donc changer la forme du gouvernement pour leur faire plaisir. L'armée, qui vénérait Radnjak, lui était acquise. La révolution mûrissait lentement. Le général Radnjak était un homme réfléchi, prudent et, comme ce pays n'est pas riche, il n'y avait pas beaucoup d'argent disponible.

» Deux mois avant la date fixée pour le coup

d'Etat, Radnjak a été assassiné. Et la révolution s'est émiettée dans tous les sens, s'est divisée en six factions. Aucun autre homme n'était assez fort pour les maintenir toutes ensemble. Certains de ces groupes continuent à se réunir et à conspirer, mais ils n'ont pas de véritable influence, aucun but précis. Et c'est cette révolution-là qui a été vendue à Lionel Grantham. Nous aurons plus de renseignements d'ici un jour ou deux, mais tout ce que nous avons appris jusqu'à présent, c'est que Mahmoud, qui passait un mois de vacances à Constantinople, a ramené Grantham avec lui ici et s'est coalisé avec Einarson pour escroquer le jeune homme.

» Mahmoud était tout à fait en dehors de la révolution, bien entendu, puisqu'elle était dirigée contre lui. Mais Einarson y avait trempé avec son supérieur, Radnjak. Depuis la mort de Radnjak, Einarson a réussi à transférer partiellement sur lui-même le culte que les soldats vouaient au général mort. Ils n'adorent pas l'Islandais comme ils adoraient Radnjak, mais Einarson est un personnage spectaculaire, théâtral. Il a toutes les qualités que des hommes simples aiment trouver chez leurs chefs. Einarson tenait donc l'armée et pouvait contrôler assez de ravages de la défunte révolution pour impressionner Grantham. Pour de l'argent, il était prêt à le faire. Lui et Mahmoud ont donc monté toute une mise en scène pour votre jeune homme. Ils se sont servis, en plus, de Valeska Radnjak, la fille du général. Elle aussi, à mon avis, a été leur dupe. J'ai entendu dire que le jeune homme et elle espèrent devenir roi et reine. Combien a-t-il investi dans cette farce?

— Peut-être bien trois millions de dollars américains.

Romaine Frankl émit un léger sifflement et resservit du vin.

— Quelle était la position du ministre de la Police, du temps où la révolution prospérait?

— Vasilije, me répondit-elle en buvant une gorgée entre chaque phrase, est un homme étrange, un original. La seule chose qui l'intéresse, c'est son confort. Et le confort, pour lui, est synonyme d'énormes quantités de nourriture et de vin, d'au moins seize heures de sommeil par jour et du minimum d'activité possible pendant les huit heures où il est éveillé. En dehors de ça, tout l'indiffère. Pour protéger son confort, il a fait de la police une police modèle. Ses services doivent accomplir leur travail avec doigté et compétence. Sinon, les crimes demeureront impunis, les gens se plaindront et leurs plaintes pourraient déranger Son Excellence. Peut-être même serait-il obligé d'écourter sa sieste de l'après-midi pour assister à une conférence ou une réunion. Ce qui est impensable. Il tient donc à disposer d'une organisation qui maintienne la criminalité à son minimum et qui neutralise les responsables de ce minimum. Et il l'obtient.

— L'assassin de Radnjak a été retrouvé?

— Il a été tué en résistant à son arrestation, dix minutes après le meurtre.

— Un des hommes de Mahmoud?

La jeune fille vida son verre et me considéra en fronçant les sourcils, mais le scintillement de ses yeux légèrement plissés adoucissait son expression.

— Vous êtes assez doué, dit-elle avec lenteur, mais maintenant, c'est à mon tour de poser des questions. Pourquoi avez-vous dit qu'Einarson avait tué Mahmoud?

— Einarson savait que Mahmoud avait essayé de le faire descendre, lui et Grantham, plus tôt dans la soirée.

— Vraiment?

— J'ai vu un soldat recevoir de l'argent de Mahmoud, tendre une embuscade à Einarson et Grantham et leur tirer dessus, sans les toucher, six balles de suite.

Elle se tapota les dents du bout d'un ongle.

— Ce n'est guère le genre de Mahmoud, objecta-t-elle, de payer ses meurtres.

— Probablement pas, admis-je, mais supposons que son tueur à gages ait décidé qu'il voulait être mieux payé ou encore qu'il n'ait reçu qu'une partie de son salaire. Quel meilleur moyen pour lui de palper que de surgir dans la rue et de demander son fric quelques minutes avant le moment fixé pour l'opération?

Elle acquiesça et se mit à parler comme si elle pensait à haute voix.

— Alors, ils avaient obtenu de Grantham tout ce qu'ils espéraient en tirer et chacun essayait d'empocher le tout en éliminant l'autre.

— Là où vous vous trompez, observai-je, c'est quand vous pensez que la révolution est morte.

— Mais Mahmoud, même pour trois millions

de dollars, ne comploterait pas pour s'écarter lui-même du pouvoir.

— Exact! Mahmoud croyait jouer un numéro au jeune garçon. Quand il a appris qu'il ne s'agissait pas d'un numéro et qu'Einarson était tout ce qu'il y a de sérieux, il a décidé de le faire liquider.

— Peut-être. (Elle haussa ses épaules nues et satinées.) Mais là, vous vous contentez de deviner.

— Ah! oui? Einarson se promène avec une photo du shah de Perse. Elle est défraîchie, comme s'il la tripotait souvent. Le shah de Perse est un soldat russe qui est allé là-bas après la guerre, a pris peu à peu le contrôle de l'armée, est devenu dictateur, puis shah. Corrigez-moi si je me trompe. Einarson est un soldat islandais qui est venu ici après la guerre et a pris peu à peu le contrôle de l'armée. S'il garde la photo du shah sur lui et la regarde assez souvent pour qu'elle soit défraîchie, cela signifie-t-il qu'il espère suivre son exemple? Ou non?

Romaine Frankl se leva et se mit à errer dans la pièce, déplaçant ici une chaise de quelques centimètres, remettant là un objet en place, secouant les plis d'un rideau de la fenêtre, faisant mine de trouver un tableau de guingois sur le mur, et elle se déplaçait d'un point à un autre, toujours comme si elle avait été portée, gracieuse et menue dans sa robe de satin rose.

Elle s'immobilisa devant un miroir, s'écarta légèrement pour y voir mon reflet, et fit bouffer ses boucles en disant d'un ton presque absent :

— Très bien, Einarson veut une révolution. Que va faire votre jeune homme?

— Ce que je lui dirai.

— Et que lui direz-vous?

— Ce qui sera le plus rentable. Je veux le ramener chez lui avec tout son argent.

Elle s'écarta du miroir pour s'approcher de moi, m'ébouriffa les cheveux, m'embrassa sur la bouche et s'assit sur mes genoux, tenant mon visage entre deux petites mains chaudes.

— Donnez-moi une révolution, mon gentil! (Ses yeux brillaient d'excitation, sa voix était rauque, sa bouche riait, son corps tremblait.) Je hais Einarson. Servez-vous de lui et brisez-le pour moi. Mais donnez-moi une révolution!

Je me mis à rire, l'embrassai et la fis pivoter sur mon genou pour que sa tête reposât au creux de mon épaule.

— Nous verrons, promis-je. Je dois rencontrer la petite bande à minuit. Ensuite, je serai peut-être fixé.

— Vous reviendrez après la réunion?

— Essayez de m'en empêcher!

Je regagnai l'hôtel à onze heures et demie, glissai dans les poches arrière de mon pantalon pistolet et matraque et montai ensuite à l'appartement de Grantham. Il était seul, mais m'annonça qu'il attendait Einarson. Il semblait très content de me voir.

— Dites-moi, est-il arrivé à Mahmoud d'assister à certaines réunions? demandai-je.

— Non. Son rôle dans la révolution était tenu secret, et la plupart des membres du mouvement l'ignoraient. Il y avait des raisons pour qu'il ne se montre pas.

— Il y en avait, en effet. La principale, c'était que tout le monde savait qu'il ne voulait aucune rébellion, et que, la seule chose qui l'intéressait, c'était l'argent.

Grantham se mordit la lèvre :

— Oh! Seigneur, dit-il, quel désastre!

Le colonel Einarson arriva en smoking, mais très militaire, et homme d'action. Sa poignée de main fut un peu plus vigoureuse qu'il n'était nécessaire. Ses petits yeux noirs étaient durs et brillants.

— Etes-vous prêts, messieurs? (Il s'adressait au jeune homme et à moi comme si nous avions été une multitude.) Parfait! Alors, partons immédiatement. Il y aura des difficultés ce soir. Mahmoud est mort. Parmi nos amis, certains, par conséquent, demanderont : « Pourquoi se révol- » ter? » Ach! (Il tirailla une des pointes de sa longue moustache noire.) Je répondrai sur ce point. De bonnes âmes, nos confrères, mais enclins à la timidité. Il n'y a pas de timidité possible sous la conduite d'un chef capable. Vous verrez!

Et il tira de nouveau sur sa moustache. Ce bouillant soldat semblait d'humeur napoléonienne, ce soir. Mais je ne le considérais pas pour autant comme un révolutionnaire d'opérette, je me rappelais ce qu'il avait fait au soldat.

Nous sortîmes de l'hôtel, montâmes dans une voiture et, sept blocs plus loin, pénétrâmes dans un petit hôtel situé dans une rue latérale. Le portier se cassa en deux lorsqu'il ouvrit la porte à Einarson. Grantham et moi, à la suite de l'officier, montâmes une volée de marches et nous engageâmes dans un couloir mal éclairé. Un gros homme mielleux d'une cinquantaine d'années s'avança à notre rencontre avec force courbettes et claquements de langue. Einarson me le présenta : c'était le propriétaire de l'hôtel. Il nous emmena dans une pièce basse de plafond où trente ou quarante hommes se levèrent des chaises où ils étaient assis et nous dévisagèrent à travers la fumée de tabac.

Einarson prononça un bref discours extrêmement cérémonieux que je ne pus comprendre, pour me présenter à la bande. Je saluai d'un signe de tête et trouvai un siège à côté de Grantham. Einarson s'installa de l'autre côté. Tout le monde se rassit, sans observer d'ordre spécial.

Le colonel Einarson se lissa la moustache et commença à parler à l'un ou à l'autre, vociférant pour couvrir la clameur des autres voix lorsque c'était nécessaire. A mi-voix, Lionel Grantham m'indiqua les conspirateurs les plus importants, douze et quelques membres de la Chambre des Députés, un banquier, un frère du ministre des Finances (censé représenter ce fonctionnaire), une demi-douzaine d'officiers (tous en civil ce soir-là), trois professeurs de l'université, le président d'un syndicat du travail, un directeur de journal et son rédacteur en chef, le secrétaire d'un club d'étudiants, un politicien de province et une poignée de petits hommes d'affaires.

Le banquier, un gros homme à barbe blanche d'une soixantaine d'années, se leva et se lança dans un discours, en fixant Einarson d'un regard intense. Il parlait d'un ton posé, la voix contenue, mais avec un léger air de défi. Le colonel ne le laissa pas aller bien loin.

— Ach! aboya Einarson en se dressant sur ses pieds.

Aucun des mots qu'il prononça n'avait de sens pour moi, mais ils firent pâlir les joues roses du banquier et naître un malaise dans le regard de ceux qui nous entouraient.

— Ils veulent laisser tomber, me chuchota Grantham à l'oreille. Ils ne marcheront plus maintenant. Je sais qu'ils ne marcheront plus.

L'atmosphère devint houleuse. Beaucoup glapissaient de conserve, mais personne ne pouvait couvrir les rugissements d'Einarson. Tous les assistants s'étaient levés, les uns très pâles, d'autres cramoisis. Des poings, des mains, des têtes s'agitaient. Le frère du ministre des Finances — un homme mince et élégant au long visage intelligent — enleva ses lunettes d'un geste si brutal qu'elles se cassèrent en deux, hurla quelques mots à Einarson, pivota sur ses talons et se dirigea vers la porte.

Il l'ouvrit d'un grand geste et s'immobilisa.

Le hall était plein d'uniformes verts. Des soldats étaient adossés au mur, accroupis sur leurs talons ou debout par petits groupes. Ils n'avaient pas d'armes à feu, seulement des baïonnettes au côté dans leur fourreau.

Le frère du ministre des Finances se tenait parfaitement immobile sur le pas de la porte et regardait les soldats.

Un homme robuste aux favoris châtains et à la peau basanée, en tenue rustique et chaussé de lourdes bottes, fixait tour à tour sur les soldats et sur Einarson des yeux furibonds aux paupières congestionnées; enfin, il avança lourdement de deux pas en direction du colonel. C'était le politicien rural. Einarson gonfla les lèvres et marcha à sa rencontre. Ceux qui se trouvaient entre eux s'écartèrent.

Einarson rugit et le campagnard rugit. Einarson faisait beaucoup plus de bruit, mais le campagnard ne voulait pas s'arrêter pour autant.

Le colonel Einarson fit : « Ach! » et cracha à la figure du campagnard.

Le campagnard recula d'un pas en vacillant et une de ses grosses pattes plongea sous sa veste brune. Je contournai Einarson et fourrai le canon de mon pistolet dans les côtes du campagnard.

Einarson éclata de rire, appela deux soldats dans la salle. Ils empoignèrent le campagnard par les bras et l'emmenèrent. Quelqu'un ferma la porte. Tout le monde s'assit. Einarson prononça un autre discours. Personne ne l'interrompit. Le banquier à barbe blanche fit un autre discours. Le frère du ministre des Finances se leva pour prononcer une demi-douzaine de mots polis, fixant sur Einarson un regard de myope, tenant dans chacune de ses mains effilées la moitié de ses lunettes cassées. Grantham, sur un mot d'Einarson, se leva et prit la parole. Chacun l'écouta avec le plus grand respect.

Einarson parla de nouveau. Tout le monde s'excita. Tout le monde se mit à parler à la fois. Cette comédie dura longtemps. Grantham m'expliqua que la révolution se déclencherait le jeudi à l'aube — nous étions à l'aube du mercredi — et qu'on était maintenant en train de mettre au point pour la dernière fois les détails de l'opération. Je doutai que qui que ce fût pût savoir quoi que ce fût des détails en question, étant donné le vacarme qui régnait dans la salle. Ils continuèrent ainsi jusqu'à trois heures et demie. Je passai les deux dernières heures à somnoler sur ma chaise, basculée contre le mur dans un coin.

Grantham et moi regagnâmes l'hôtel à pied après la réunion. Il me dit que nous devions nous rassembler sur la place à quatre heures le lendemain matin. Il ferait jour à six heures et, d'ici là, les bâtiments publics, le Président, la plupart des fonctionnaires et des Députés qui n'étaient pas de notre côté, seraient tombés entre nos mains. Une réunion de la Chambre des Députés aurait lieu sous la protection des troupes d'Einarson, et tout serait fait aussi rapidement et aussi régulièrement que possible.

Je devais accompagner Grantham pour lui tenir lieu, en quelque sorte, de garde du corps, ce qui signifiait, imaginai-je, que nous devions être tous les deux tenus à l'écart des événements le plus possible. Ce qui me convenait très bien.

Je laissai Grantham au quatrième étage, gagnai ma chambre, me passai de l'eau froide sur la figure et les mains et quittai l'hôtel de nouveau. Je n'avais pas la moindre chance de trouver un taxi à cette heure, aussi partis-je à pied pour me rendre chez Romaine Frankl. Le trajet fut relativement mouvementé.

Le vent me soufflait dans la figure tandis que je marchais. Je m'arrêtai et lui tournai le dos pour allumer une cigarette. Une ombre un peu plus bas dans la rue se fondit dans l'ombre plus épaisse d'un immeuble. J'étais suivi, et sans grande habileté. Je finis d'allumer ma cigarette et me remis en marche jusqu'à ce que je fusse à la hauteur d'une rue latérale suffisamment obscure. M'y engageant, je me dissimulai sous un porche sombre au niveau de la rue.

Un homme tourna le coin en soufflant. Au premier coup, je le manquai — la matraque le toucha trop en avant, sur la joue. Le second l'atteignit à peu près derrière l'oreille. Je le laissai dormir sur place et gagnai la maison de Romaine Frankl.

Marya, la servante, en robe de chambre de laine grise, ouvrit la porte et me fit monter à la chambre noire, blanche et grise, où la secrétaire du Ministre, toujours en robe rose, était accotée contre des coussins, sur le divan. Un cendrier débordant de mégots montrait à quoi elle avait passé son temps.

— Alors? demanda-t-elle, tandis que je la déplaçais pour pouvoir m'asseoir à côté d'elle.

— Jeudi à quatre heures du matin nous révolutionnons.

— Je savais que vous le feriez, dit-elle en me tapotant la main.

— Ça s'est fait tout seul, sauf que pendant quelques minutes j'aurais pu tout arrêter en cognant tout simplement notre colonel derrière l'oreille et en laissant les autres le mettre en pièces.

Ce qui me rappelle, au fait... un homme engagé par quelqu'un a essayé de me suivre jusqu'ici, ce soir.

— Quel genre d'homme?

— Petit, trapu, la quarantaine... à peu près ma taille et mon âge.

— Mais il n'a pas réussi?

— Je l'ai assommé pour le compte et laissé roupiller sur place.

Elle se mit à rire et me tira l'oreille.

— C'était Gopchek, notre meilleur détective. Il sera furieux.

— Eh bien, n'en collez pas d'autres à mes trousses. Vous pouvez lui dire que je suis désolé d'avoir dû le frapper deux fois, mais c'est sa faute. Il n'aurait pas dû écarter la tête la première fois.

Elle rit de nouveau, puis fronça les sourcils et adopta finalement une expression qui était un compromis entre les deux.

— Parlez-moi de la réunion, ordonna-t-elle.

Je lui racontai ce que je savais. Lorsque j'eus fini, elle attira ma tête vers elle pour m'embrasser et me chuchota à l'oreille :

— Vous avez confiance en moi, n'est-ce pas, très cher?

— Ouais. A peu près autant que vous avez confiance en moi.

— Ça ne suffit absolument pas, dit-elle en repoussant mon visage.

Marya entra avec un plateau chargé de nourriture. Nous tirâmes la table devant le divan et nous mîmes à manger.

— Je ne vous comprends pas très bien, déclara Romaine, par-dessus la tige d'une asperge. Si vous ne me faites pas confiance, pourquoi me racontez-vous des choses? Pour autant que je sache, vous ne m'avez guère menti. Pourquoi me diriez-vous la vérité si vous n'avez aucune confiance en moi?

— Je suis d'une nature impressionnable, expliquai-je. Je suis tellement sous le coup de votre beauté et de votre charme que je ne peux rien vous refuser.

— Je vous en prie! s'exclama-t-elle, soudain sérieuse. J'ai capitalisé cette beauté et ce charme dans la moitié des pays du monde. Ne me redites jamais des choses pareilles. Ça me blesse, parce que... parce que... (Elle repoussa son assiette, fit mine de prendre une cigarette, immobilisa sa main à mi-geste et me gratifia d'un regard hostile.) Je vous aime, dit-elle.

Je pris la main qui planait au-dessus de la table, en embrassai le creux et demandai :

— Vous m'aimez plus que n'importe qui au monde?

Elle me retira sa main.

— Etes-vous comptable? demanda-t-elle. Vous faut-il avoir les quantités, les poids et les mesures de chaque chose?

Je lui souris et essayai de poursuivre mon repas. A mon arrivée, je croyais bien avoir faim. Maintenant, bien que je n'eusse avalé que deux bouchées, mon appétit avait disparu. Je m'efforçai de faire mine d'être toujours aussi affamé, mais en vain. La nourriture ne voulait pas passer. Je renonçai donc à manger et allumai une cigarette.

De sa main gauche, elle dispersa le nuage de fumée qui flottait entre nous deux.

— Vous ne me faites pas confiance, insista-t-elle. Alors pourquoi vous mettez-vous à ma merci?

— Pourquoi pas? Vous pouvez faire louper la révolution. Moi, je m'en bats l'œil. Ça n'est pas mon affaire, et son échec n'implique pas nécessairement que je ne pourrai pas faire sortir mon jeune homme du pays avec son argent.

— La prison, ou peut-être une exécution, ne vous font pas peur?

— Je prendrai mes risques, dis-je.

Mais, ce que je pensais, c'était qu'après vingt ans passés à monter ou démonter des coups fourrés dans des grandes villes, si je me laissais coincer dans ce trou perdu, je mériterais largement tout ce qui pouvait m'arriver.

— Et vous n'éprouvez aucun sentiment pour moi?

— Ne soyez pas stupide. (J'indiquai de ma cigarette mon repas intact.) Je n'avais rien eu à manger depuis hier soir huit heures.

Elle rit, posa une main sur ma bouche et déclara :

— Je comprends. Vous m'aimez, mais pas suffisamment pour me laisser contrecarrer vos plans. Je n'aime pas ça. C'est efféminé.

— Vous allez vous joindre à la révolution? demandai-je.

— Je ne vais pas courir dans les rues en jetant des bombes, si c'est ce que vous voulez dire.

— Et Djudakovich?

— Le matin, il dort jusqu'à onze heures. Si vous commencez à quatre heures, vous aurez sept heures devant vous avant qu'il ne se lève. (Elle disait tout ça le plus sérieusement du monde.) Finissez-en avant ce moment-là. Sinon, il pourrait décider d'y mettre le holà.

— Ah! oui? J'avais dans l'idée qu'il la voulait, cette révolution.

— Vasilije ne veut que la paix et le confort.

— Mais écoutez, mon chou, protestai-je. Si votre Vasilije a le moindre talent, il ne peut pas ne pas découvrir à l'avance ce qui se trame. Einarson et son armée constituent la révolution. Tous ces banquiers, députés et autres du même acabit qu'il trimbale à sa suite pour donner à toute l'affaire un côté respectable ne sont que des conspirateurs de cinéma. Regardez-les donc! Ils tiennent leurs réunions à minuit, et autres idioties de ce genre. Maintenant qu'ils se sont vraiment engagés à faire quelque chose, ils ne pourront pas s'empêcher de colporter la nouvelle. Ils vont passer leur journée à circuler en tremblant et en chuchotant avec ensemble dans les coins les plus biscornus.

— Ils font ça depuis des mois, dit-elle. Personne ne leur prête la moindre attention. Et je vous promets que Vasilije n'apprendra rien de nouveau. Ce n'est certes pas moi qui lui répéterai quoi que ce soit, et il n'écoute jamais ce que les autres peuvent lui dire.

— Très bien. (Je n'étais pas sûr que ce fût très bien, mais ça pouvait l'être.) Et maintenant, le grabuge va donc se déclencher, si l'armée suit Einarson?

— Oui et l'armée le suivra.

— Et ensuite, quand ce sera terminé, commencera notre véritable travail.

D'un petit doigt pointu, elle fit pénétrer dans la nappe un flocon de cendre de cigarette et ne répondit pas.

— Il va falloir éliminer Einarson, poursuivis-je.

— Nous serons obligés de le tuer, dit-elle d'un air pensif. Vous feriez mieux de vous en charger vous-même.

Je vis Einarson et Grantham ce soir-là, et passai plusieurs heures en leur compagnie. Le jeune homme était agité, nerveux et ne croyait pas au succès de la révolution, bien qu'il fît mine de prendre la situation comme allant de soi. Einarson était extrêmement prolixe. Il nous expliqua minutieusement en détail les plans de la journée à venir. Je m'intéressai plus au personnage qu'à ses propos. Il pouvait faire triompher la révolution, pensai-je, et j'étais prêt à le laisser faire. Aussi, pendant qu'il parlait, l'étudiai-je, cherchant en lui les points faibles.

Je le détaillai physiquement pour commencer. C'était un homme de haute taille au corps massif, dans la force de l'âge, moins rapide qu'il avait pu l'être, mais puissant et brutal. Il avait un visage coloré à la mâchoire lourde et au nez court qu'un coup de poing ne devait guère gêner. Il n'était pas gras, mais mangeait et buvait trop pour être vraiment coriace, et ce genre d'individu trop florissant encaisse généralement assez mal une série prolongée de gnons au niveau de la ceinture. Voilà donc pour son physique.

Mentalement, ce n'était pas un poids lourd. Sa révolution n'avait rien de fignolé. Elle réussirait surtout parce qu'il n'y avait guère d'opposition. Il avait énormément de volonté, imaginai-je, mais je n'attachai pas grande importance à cette qualité. Les gens qui n'ont pas beaucoup de cervelle sont bien obligés de cultiver leur volonté s'ils veulent arriver à un résultat quelconque. Je ne savais pas s'il avait du cran ou pas, mais devant un public, je supposai qu'il se livrerait à un cirque grandiose, et la plupart de ce spectacle devait se dérouler devant un public. Isolé dans un coin sombre, j'avais dans l'idée qu'il se dégonflerait. Il croyait en lui-même, dur comme fer. Ce qui constitue quatre-vingt-dix pour cent de l'autorité d'un chef, il n'y avait donc pas de faille en lui de ce point de vue là. Il ne me faisait pas confiance. Il m'avait mis dans le coup parce qu'il s'était avéré plus simple de le faire que de me fermer la porte au nez.

Il continua à parler de ses plans. Il n'y avait rien à en dire. Il allait amener ses soldats en ville aux premières heures de la matinée et s'emparer du pouvoir. Ce plan-là suffisait. Tout le reste n'était que la garniture autour d'un plat, mais cette garniture était la seule partie dont nous pouvions parler. C'était ennuyeux comme la fumée.

A onze heures, Einarson cessa de parler et nous quitta, après nous avoir lancé :

— Rendez-vous à quatre heures, messieurs, heure à laquelle commencera l'histoire de la Muravie! (Il me posa une main sur l'épaule.) Veillez sur Sa Majesté! ordonna-t-il.

— Euh-euh, fis-je, et j'expédiai immédiatement Sa Majesté au lit.

Il n'allait sûrement pas fermer l'œil, mais il était trop jeune pour l'avouer, et il alla se coucher d'assez bonne grâce. Je pris un taxi et me rendis chez Romaine.

Elle était comme une enfant à la veille d'un pique-nique. Elle m'embrassa et embrassa Marya, la servante. Elle s'assit sur mes genoux, à côté de moi, par terre, sur toutes les chaises, changeant d'endroit toutes les trente secondes. Elle riait et parlait sans interruption de la révolution, de moi, d'elle-même, de n'importe quoi. Elle faillit s'étrangler en essayant de parler tout en buvant du vin. Elle allumait ses grosses cigarettes et oubliait de les fumer, ou alors oubliait de cesser de les fumer jusqu'à ce qu'elles lui brûlent les lèvres. Elle chantait des bribes de chansons dans une demi-douzaine de langues différentes.

Je partis à trois heures. Elle m'accompagna à la porte, attira ma tête à elle pour m'embrasser les yeux et la bouche.

— Si ça tourne mal, dit-elle, venez à la prison. Nous la garderons jusqu'à...

— Si ça tourne mal, j'y serai amené, lui promis-je.

Elle n'avait plus envie de plaisanter.

— Je vais y aller maintenant, dit-elle. J'ai peur qu'Einarson ait mis ma maison sur sa liste.

— Bonne idée, dis-je. Si vous avez un pépin, faites-moi prévenir.

Je rentrai à pied à l'hôtel par les rues sombres — les réverbères étaient éteints à minuit — sans rencontrer personne, pas même un des policiers en uniforme gris. Lorsque j'y arrivai, il pleuvait à verse.

Dans ma chambre, je me changeai pour mettre des vêtements et des chaussures plus robustes, sortis un autre pistolet — un automatique — de ma valise et le glissai dans un baudrier d'épaule. Je bourrai ensuite mes poches d'une telle quantité de munitions que j'en avais les jambes arquées, puis je pris mon chapeau et mon imperméable et montai à l'appartement de Lionel Grantham.

— Il est quatre heures moins dix, lui annonçai-je. Nous devrions descendre sur la place. Prenez donc un pistolet dans votre poche.

Il n'avait pas dormi. Son jeune et beau visage était aussi frais, aussi rose et aussi calme que lorsque je l'avais vu pour la première fois, mais ses yeux brillaient d'un éclat plus intense. Il endossa un pardessus et nous descendîmes.

La pluie nous cinglait le visage tandis que nous nous dirigions vers le centre de la place obscure. D'autres silhouettes circulaient alentour, mais aucune ne s'approcha de nous. Nous nous arrêtâmes au pied de la statue en fonte d'un personnage à cheval.

Un pâle jeune homme d'une extraordinaire minceur surgit et commença à parler avec un débit précipité, en gesticulant des deux mains et en reniflant de temps à autre, comme s'il avait été affligé d'un rhume de cerveau. Je ne comprenais pas un mot de ce qu'il disait.

La rumeur d'autres voix commença à lutter avec le crépitement de la pluie. Le large visage à favoris blancs du banquier qui assistait à la réunion émergea soudain de l'obscurité et y redisparut tout aussi brusquement, comme s'il ne voulait pas être reconnu. Des hommes que je n'avais encore jamais vus se groupèrent autour de nous et saluèrent Grantham avec un respect teinté de timidité. Un petit homme vêtu d'une cape trop grande pour lui arriva en courant et commença à nous apostropher d'une voix saccadée, entrecoupée. Un homme mince et voûté, aux lunettes éclaboussées de gouttes de pluie, traduisit en anglais le laïus du petit homme.

— Il dit que l'artillerie nous a trahis et des canons sont mis en batterie sur les immeubles du gouvernement pour balayer la place à l'aube. (Une étrange note d'espoir perçait dans sa voix.) Auquel cas nous ne pouvons naturellement rien faire, ajouta-t-il.

— Nous pouvons mourir, rétorqua Lionel Grantham avec douceur.

Cette remarque n'avait rigoureusement aucun sens. Personne n'était là pour mourir. Ils étaient tous là justement parce qu'il était fort invraisemblable que quiconque parmi eux ait à mourir, sauf peut-être quelques soldats d'Einarson. Telle était la réaction normale aux propos tenus par le jeune homme. Mais la vérité du bon Dieu, c'est que même moi — un détective entre deux âges qui avait totalement oublié ce que pouvait être la croyance aux contes de fées — je me sentis soudain chaud au cœur dans mes vêtements mouillés. Et si quelqu'un m'avait dit : « Ce jeune homme est un véritable roi », je n'aurais pas discuté.

Un brusque silence succéda aux murmures qui nous entouraient, rompu seulement par le bruissement de la pluie et le piétinement sourd d'une troupe qui remontait la rue — les hommes d'Einarson. Tout le monde se remit à parler à la fois, avec une joyeuse animation, encouragé par l'approche de ceux dont le rôle était de faire le gros boulot.

Un officier en ciré luisant de pluie se fraya un chemin dans la foule, petit jeune homme pimpant avec un sabre trop grand pour lui. Il salua Grantham avec solennité et déclara en anglais, ce dont il semblait très fier :

— Les respects du colonel Einarson, Monsieur, et à la réussite de parabrise.

Je me demandai ce que signifiait ce dernier mot.

Grantham sourit et répondit :

— Transmettez mes remerciements au colonel Einarson.

Le banquier apparut de nouveau, ayant retrouvé assez d'audace pour se joindre à nous. D'autres qui avaient assisté à la réunion arrivèrent. Nous formions un groupe central autour de la statue, cerné par la foule que l'on distinguait mieux maintenant à la lueur grisâtre de l'aube. Je ne vis nulle part le campagnard à la figure duquel Einarson avait craché.

La pluie nous transperçait. Nous remuions les pieds et frissonnions tout en parlant. Le jour se levait lentement, révélant la présence d'hommes de plus en plus nombreux autour de nous, trempés et les yeux chargés de curiosité. En lisière de la foule, certains éclatèrent en acclamations. Les autres firent chorus. Oubliant la pluie et le froid, ils se mirent à rire et à danser, à s'enlacer et à s'embrasser. Un barbu en veste de cuir s'approcha de nous, s'inclina devant Grantham et expliqua qu'on pouvait voir le propre régiment d'Einarson occuper l'immeuble administratif.

Il faisait grand jour maintenant. La foule autour de nous s'ouvrit pour laisser passer une voiture escortée par un détachement de cavalerie. Elle s'arrêta devant nous. Le colonel Einarson, tenant un sabre nu à la main, en descendit, salua et tint la portière ouverte pour Grantham et moi. Il nous suivit à l'intérieur, fleurant la victoire comme une danseuse un parfum de Coty. Les cavaliers se regroupèrent autour de la voiture et nous fûmes conduits à l'immeuble administratif au milieu d'une foule d'hommes qui vociféraient et couraient, rouges et réjouis, derrière nous. Toute cette scène était des plus théâtrales.

— La ville est à nous, déclara Einarson, penché en avant sur son siège, la pointe de son sabre posée sur le sol de la voiture, les mains sur la poignée. Le Président, les députés, presque tous les fonctionnaires importants, sont entre nos mains. Pas un coup de feu tiré, pas un carreau de cassé!

Il était fier de sa Révolution, et je ne pouvais pas l'en blâmer. Je n'étais plus tellement sûr, après tout, qu'il fût dépourvu de cervelle. Il avait fait preuve d'assez de bon sens pour parquer ses partisans civils sur la place jusqu'à ce que ses soldats eussent accompli leur tâche.

Nous descendîmes devant l'immeuble administratif et montâmes les marches entre deux rangées de fantassins présentant les armes, leurs baïonnettes au canon étincelantes de pluie. D'autres soldats en uniforme vert présentaient les armes le long des couloirs. Nous entrâmes dans une salle à manger meublée avec soin où quinze ou vingt officiers se levèrent pour nous accueillir. De nombreux discours furent prononcés. Tout le monde était triomphant. Pendant tout le petit déjeuner, on parla d'abondance. Je ne compris pas un mot de ce qui se disait.

Après ce repas, nous nous rendîmes à la Chambre des Députés, une vaste pièce ovale avec des rangées incurvées de bancs et de bureaux face à une estrade surélevée. Outre les trois bureaux disposés sur l'estrade, y avaient été alignées une vingtaine de chaises, face aux bancs incurvés. Les convives du petit déjeuner occupèrent ces chaises. Je remarquai que Grantham et moi étions les seuls civils sur l'estrade. Aucun de nos conjurés n'y avait pris place, à part ceux qui se trouvaient dans l'armée d'Einarson. Cela ne me plaisait guère.

Grantham s'assit à la première rangée de chaises, entre Einarson et moi. Nous contemplâmes les députés. Il y en avait peut-être une centaine, répartis sur les bancs incurvés, et nettement séparés en deux groupes. La moitié d'entre eux, sur la droite de la salle, étaient des révolutionnaires. Ils se levèrent pour nous acclamer. L'autre moitié, à gauche, étaient des prisonniers. La plupart d'entre eux semblaient s'être vêtus à la hâte.

Tout autour de la salle, épaule contre épaule sauf sur l'estrade et devant les portes, se tenaient les soldats d'Einarson.

Un vieillard entra entre deux soldats, un vieux monsieur au regard doux, chauve, voûté, avec un visage de savant ridé et rasé de frais.

— Le docteur Semich, me chuchota Grantham.

Les gardes du Président le conduisirent à celui des trois bureaux qui occupait le centre de l'estrade. Il n'accorda pas un regard à tous ceux qui étaient assis à proximité et resta debout.

Un député rouquin, l'un des révolutionnaires, se leva et prit la parole. Ses collègues l'acclamèrent lorsqu'il eut terminé. Le Président parla à son tour. Il prononça trois mots d'un ton très sec, très calme, et il quitta l'estrade pour repartir par où il était venu, sous l'escorte des deux soldats.

— Il a refusé de se démettre, m'informa Grantham.

Le député rouquin monta sur l'estrade et s'installa au bureau central. Le mécanisme législatif se mit en marche. Des hommes parlèrent brièvement, apparemment de façon pertinente, des révolutionnaires. Aucun des députés prisonniers ne se leva. Un vote eut lieu. Quelques-uns des opposants s'abstinrent. La plupart semblèrent voter comme ceux qui avaient pris le pouvoir.

— Ils ont révoqué la constitution, chuchota Grantham.

Les députés poussaient de nouveau des acclamations, ceux qui étaient là de leur plein gré. Einarson se pencha en avant et marmonna à Grantham et à moi :

— Nous ne pouvons pas aller plus loin sans danger aujourd'hui. Nous avons ainsi la situation en main.

— Vous avez le temps d'écouter une suggestion? demandai-je.

— Oui.

— Voulez-vous nous excuser un instant? dis-je à Grantham.

Je me levai et gagnai un coin de l'estrade au fond.

Einarson me suivit, fronçant les sourcils d'un air soupçonneux.

— Pourquoi ne pas donner sa couronne à Grantham maintenant? demandai-je lorsque nous fûmes dans le coin, mon épaule droite touchant sa gauche, à demi tournés l'un vers l'autre, à demi tournés vers l'angle de l'estrade, avec derrière nous tous les officiers, dont le plus proche était assis à moins de trois mètres. Enlevez le morceau. Vous pouvez le faire. Ils vont hurler, bien entendu. Demain, à titre de concession à ces hurlements, vous le ferez abdiquer. Votre prestige y trouvera son compte. Vous serez cinquante fois plus fort auprès du peuple. Vous serez alors en mesure de faire croire que la révolution était de son cru et que vous étiez le patriote qui a empêché ce nouveau venu de s'emparer du trône. Entre-temps, vous serez dictateur ou tout ce que vous voudrez une fois le moment venu. Vous voyez ce que je veux dire? Laissez-lui ouvrir le jeu. Vous prendrez la balle au rebond.

L'idée lui plaisait, mais ce qui lui déplaisait c'était qu'elle vînt de moi. Ses petits yeux noirs scrutaient les miens.

— Pourquoi iriez-vous suggérer cela? demanda-t-il.

— Qu'est-ce que ça peut vous faire? Je vous promets qu'il abdiquera d'ici vingt-quatre heures.

Il sourit sous sa moustache et leva la tête. Je connaissais un commandant dans le corps expéditionnaire qui prenait toujours cette attitude lorsqu'il s'apprêtait à donner un ordre déplaisant. J'enchaînai rapidement :

— Mon imperméable... vous voyez qu'il est plié par-dessus mon bras gauche.

Il ne répliqua pas, mais ses paupières se plissèrent.

— Vous ne pouvez pas voir ma main gauche, poursuivis-je.

Ses yeux n'étaient plus que des fentes étroites, mais il demeura silencieux.

— Elle tient un automatique, dis-je en guise de conclusion.

— Et alors? demanda-t-il avec mépris.

— Rien, mais faites un faux mouvement... et je vous mets les tripes à l'air.

— Ach! (Il ne me prenait pas au sérieux.) Et ensuite?

— Je ne sais pas. Réfléchissez avec soin, Einarson. Je me suis mis délibérément dans une position où je suis obligé d'aller de l'avant si vous ne cédez pas. Je peux vous tuer avant que vous ayez dit ouf. Et je le ferai si vous ne donnez pas sa couronne à Grantham immédiatement. Vous comprenez? Je n'ai pas le choix. Vos gars m'auront peut-être — et même très vraisemblablement — tout de suite après, mais vous serez mort. Si je fais marche arrière maintenant, vous me ferez certainement fusiller. Je ne peux donc pas reculer. Si nous ne voulons pas en rabattre ni l'un ni l'autre, nous ferons le grand saut tous les deux. Je suis allé trop loin pour faiblir maintenant. C'est à *vous* de céder. Réfléchissez.

Il réfléchit. Son visage perdit un peu de ses couleurs et un léger frémissement agita la chair de son menton. Je l'encourageai en écartant légèrement le pardessus pour lui montrer le canon du pistolet que je tenais effectivement de la main gauche. Je disposais là d'un argument de poids : il n'avait pas assez de culot pour courir le risque de mourir en son heure de victoire.

Il traversa l'estrade à grandes enjambées pour s'approcher du bureau où était assis le rouquin, l'en chassa d'un geste accompagné d'un aboiement, se pencha par-dessus le bureau, et vociféra en direction de la salle. Je me tenais à son côté, légèrement en retrait, afin que personne ne pût passer entre nous deux.

Pendant une longue minute, pas un des députés n'émit le moindre son après que les vociférations du colonel eurent cessé. Puis un des antirévolutionnaires se leva d'un bond et se mit à glapir avec amertume. Einarson pointa sur lui un long doigt brun. Deux soldats quittèrent leur poste le long du mur, empoignèrent brutalement le député par la nuque et les bras et le traînèrent hors de la pièce. Un autre député se leva, prit la parole et fut emmené. Après la cinquième expulsion, tout retomba dans l'ordre. Einarson posa une question et reçut une réponse unanime.

Il se tourna vers moi, et son regard effleura

mon imperméable avant de se fixer à nouveau sur mon visage.

— C'est fait, dit-il.

— Nous allons procéder maintenant au couronnement, ordonnai-je.

Je manquai la majeure partie de la cérémonie. J'étais trop occupé à garder mon emprise sur le colonel, mais Lionel Grantham fut finalement intronisé sous le titre de Lionel Ier, roi de Muravie. Einarson et moi le congratulâmes de conserve. Je pris ensuite l'officier à part.

— Nous allons faire un petit tour, lui dis-je. Et pas de bêtises. Faites-moi sortir par une porte latérale.

Je le tenais maintenant, et sans avoir besoin d'arme ou presque. Il lui fallait maintenant manœuvrer vis-à-vis de Grantham et de moi avec discrétion — nous tuer sans aucune publicité — s'il voulait éviter d'être la risée du pays, cet homme qui s'était laissé dépouiller, déposséder d'un trône au milieu même de son armée.

Sortant par-derrière de l'immeuble administratif, nous gagnâmes l'hôtel de la République sans rencontrer personne de connaissance. Toute la population était sur la place. Nous trouvâmes l'hôtel désert. Je lui fis actionner l'ascenseur jusqu'à mon étage et l'escortai jusqu'à ma chambre.

Je tournai la poignée, constatai que la porte n'était pas fermée à clé, lâchai la poignée et ordonnai au colonel d'entrer. Il ouvrit la porte et s'immobilisa.

Romaine Frankl était assise en tailleur sur mon

lit, en train de recoudre un bouton à l'un de mes complets.

Je poussai Einarson dans la chambre et refermai la porte. Romaine Frankl le dévisagea, puis baissa les yeux sur l'automatique visible maintenant dans ma main. Avec un désappointement comique, elle s'exclama :

— Oh! Vous ne l'avez pas encore tué!

Le colonel Einarson se raidit. Il avait maintenant un public — un public témoin de son humiliation. On pouvait supposer qu'il allait réagir. Il me faudrait le manœuvrer avec doigté, ou peut-être l'autre méthode était-elle la meilleure. Je lui décochai un coup de pied dans la cheville et aboyai :

— Allez vous asseoir dans le coin!

Il pivota vers moi. Je lui enfonçai le canon de mon pistolet dans la figure, lui écrasant la lèvre entre le métal et ses dents. Quand sa tête fut projetée en arrière, je lui enfonçai mon autre poing dans le ventre. La bouche grande ouverte, il essaya de reprendre sa respiration. Je le poussai jusqu'à une chaise dans un angle de la pièce.

Romaine se mit à rire et me menaça d'un doigt en disant :

— Vous êtes une brute!

— Qu'est-ce que je peux faire d'autre? protestai-je, surtout à l'intention de mon prisonnier. Dès que quelqu'un le regarde, il se prend pour un héros. Je l'ai forcé à la pointe du pistolet à sacrer le gosse roi. Mais ce zèbre-là tient toujours en main l'armée, qui représente le vrai pouvoir. Je ne peux pas le laisser filer, sinon Lionel Ier et moi sommes bons pour récolter des coliques de plomb. Ça me fait plus de mal qu'à lui d'être obligé de le bousculer, mais je n'ai pas le choix. Il faut que je lui fasse entendre raison.

— Vous vous conduisez très mal avec lui, répliqua-t-elle. Vous n'avez aucun droit de le maltraiter. La seule chose courtoise que vous puissiez faire, c'est de lui couper la gorge en vous y prenant comme un gentleman.

— Ach! fit Einarson, qui avait recouvré l'usage de ses poumons.

— La ferme! hurlai-je, sinon je vous envoie au tapis.

Il me foudroya du regard et je demandai à la jeune fille :

— Qu'est-ce que je vais faire de lui? Je serais enchanté de lui ouvrir la gorge, mais l'ennui, c'est que son armée risque de vouloir le venger et je ne tiens pas tellement à me retrouver avec une armée vengeresse sur le râble.

— Nous allons le remettre à Vasilije, dit-elle en faisant basculer ses jambes par-dessus le bord du lit pour se lever. Il saura ce qu'il faut faire.

— Où est-il?

— En haut, dans l'appartement de Grantham, à finir sa sieste du matin.

Puis elle ajouta d'un ton léger, désinvolte, comme si elle n'avait pas réfléchi sérieusement à la question :

— Vous avez donc fait couronner ce jeune homme?

— Eh oui! Vous voulez le trône pour votre Vasilije? Très bien! Nous réclamons cinq millions de dollars américains pour notre abdication. Grantham en a dépensé trois pour financer cette affaire et il a droit à des dédommagements. Il a été élu légalement par les députés. Il ne bénéficie pas de ce côté d'un appui réel, mais il peut obtenir celui des voisins. Ne négligez pas cet aspect de la situation. Il existe un ou deux pays qui ne sont pas à des millions de kilomètres et qui ne seraient que trop contents d'envoyer une armée pour soutenir un roi légitime en échange de concessions judicieuses. Mais Lionel Ier est un être sensé. Il estime qu'il vaudrait mieux pour vous avoir un chef d'Etat natif du pays même. Tout ce qu'il demande, c'est un pécule raisonnable alloué par le gouvernement. Cinq millions, ce n'est pas énorme, et il abdiquera demain. Dites ça à votre Vasilije.

Elle me contourna pour éviter de passer entre mon pistolet et sa cible, se hissa sur la pointe des pieds pour m'embrasser l'oreille et déclara :

— Vous et votre roi êtes des brigands. Je reviens dans un instant.

Elle sortit.

— Dix millions, dit le colonel Einarson.

— Je ne peux pas vous faire confiance maintenant, dis-je. Vous nous régleriez devant un peloton d'exécution.

— Et vous pouvez faire confiance à ce porc de Djudakovich?

— Il n'a aucune raison de nous haïr.

— Il en aura une lorsqu'il sera mis au courant, pour vous et sa Romaine.

Je me mis à rire.

— En outre, comment pourrait-il être roi?

Ach! A quoi rimerait sa promesse de payer s'il est incapable de la tenir? Supposons même que je sois mort. Que fera-t-il avec mon armée? Ach! Vous l'avez vu, ce porc! Quel genre de roi peut-il faire?

— Je ne sais pas, dis-je en toute sincérité. On m'a dit que c'était un excellent ministre de la Police dans la mesure où l'inefficacité nuirait à son confort. Peut-être sera-t-il un bon roi pour les mêmes raisons. Je l'ai vu une fois. C'est une montagne bouffie de graisse, mais il n'a rien de ridicule. Il pèse une tonne, et se déplace sans ébranler le parquet. Je n'oserais pas essayer avec lui ce que j'ai fait avec vous.

Cette insulte fit bondir le soldat sur ses pieds et il se redressa de toute sa hauteur. Il me fixait d'un regard flamboyant tandis que ses lèvres se crispaient en une ligne mince. Il allait me faire des ennuis avant que j'aie réussi à me débarrasser de lui.

La porte s'ouvrit et Vasilije Djudakovich entra, suivi par la jeune fille. Je souris au ministre obèse. Il inclina la tête sans me rendre mon sourire. Ses petits yeux noirs et froids se tournèrent vers Einarson.

— Le gouvernement, déclara la jeune fille, remettra à Lionel Ier un bon de quatre millions de dollars américains, sur une banque de Vienne ou d'Athènes, en échange de son abdication. (Elle abandonna son ton officiel pour ajouter :) Je n'ai pas pu lui soutirer un centime de plus.

— Vous et votre Vasilije, vous n'êtes que de répugnants mercantis, me plaignis-je. Mais nous acceptons. Il nous faudra un train spécial pour Salonique — un train qui nous mettra de l'autre côté de la frontière avant que l'abdication soit effective.

— Nous allons arranger ça, promit-elle.

— Parfait! Maintenant, pour réaliser ce programme, il faut que votre Vasilije reprenne l'armée à Einarson. Peut-il y arriver?

— Ach! (Le colonel Einarson redressa la tête, gonfla sa robuste poitrine.) C'est précisément ce qu'il est obligé de faire!

Le gros homme grommela d'une voix ensommeillée à travers sa barbe jaune. Romaine s'approcha de moi et me posa une main sur le bras.

— Vasilije veut un entretien privé avec Einarson. Laissez-le faire.

J'acquiesçai et offris à Djudakovich mon automatique. Il ne prêta la moindre attention ni au pistolet ni à moi. Il contemplait l'officier avec une sorte de patience gluante. Je sortis en compagnie de la jeune fille et refermai la porte. En bas de l'escalier, je la pris par les épaules.

— Est-ce que je peux me fier à votre Vasilije? demandai-je.

— Oh! mon cher, il pourrait mater une demi-douzaine d'Einarson.

— Je ne parlais pas de ça. Il ne va pas essayer de me rouler?

— Pourquoi vous mettez-vous à vous inquiéter de ça maintenant?

— Il n'était pas exactement débordant d'amabilité.

Elle se mit à rire et tourna la tête pour mordiller une de mes mains.

— Il a des idéaux, expliqua-t-elle. Il vous méprise, vous et votre roi, et vous considère comme deux aventuriers qui tirent un bénéfice des ennuis de son pays. C'est pour cela qu'il est si hautain. Mais il tiendra sa parole.

Peut-être, pensai-je, mais ce n'était pas lui qui m'avait donné sa parole; c'était la jeune fille.

— Je vais aller voir Sa Majesté, dis-je. Je n'en ai pas pour longtemps. Ensuite, je vous retrouverai dans mon appartement. Ça correspondait à quoi, votre petit numéro de couture? Il ne manquait aucun bouton.

— Mais si, me contredit-elle en fouillant dans ma poche à la recherche de cigarettes. J'en ai arraché un quand l'un de nos hommes m'a annoncé que vous et Einarson veniez dans cette direction. J'ai pensé que ça aurait un petit côté popote.

Je trouvai mon roi dans un salon or et bordeaux de la résidence du chef d'Etat, entouré par tout ce que la Muravie comptait d'ambitieux socialement et politiquement. Les uniformes étaient toujours en majorité, mais une poignée de civils étaient finalement arrivés jusqu'à lui, flanqués de leurs épouses et de leurs filles. Pendant quelques minutes, il fut trop occupé pour me voir et je restai donc dans mon coin, à examiner l'assemblée. En particulier, une grande jeune fille vêtue de noir qui se tenait à l'écart des autres, près d'une fenêtre.

Je la remarquai tout d'abord parce qu'elle était d'une singulière beauté, de visage aussi bien que de corps, puis je l'étudiai plus attentivement à cause de l'expression de ses yeux marron fixés sur le nouveau roi. Si jamais un être humain parut fier d'un autre, c'était bien cette jeune fille qui l'était de Grantham. A la façon dont elle se tenait là, toute seule devant la fenêtre, et le contemplait, il aurait fallu qu'il soit au moins un mélange d'Apollon, de Socrate et d'Alexandre pour en mériter la moitié. Valeska Radnjak, supposai-je.

J'observai le jeune homme. Son visage était empreint de fierté, son teint animé et toutes les deux secondes il tournait la tête vers la jeune fille, près de la fenêtre, tout en écoutant jacasser les flagorneurs qui se pressaient autour de lui. Je savais qu'il n'avait rien d'un composé d'Apollon-Socrate-Alexandre, mais il réussissait à le paraître. Il avait découvert un coin du monde qu'il aimait. J'étais presque désolé qu'il ne pût s'y cramponner, mais mes regrets ne m'empêchèrent pas de décider que j'avais perdu assez de temps comme ça.

Je me frayai un chemin dans la foule jusqu'à lui. Il me reconnut avec, au fond du regard, la même expression que celle du clochard endormi dans un parc et que vient d'arracher à ses rêves enchanteurs le coup de bâton sur les semelles d'un flic en patrouille. Il s'excusa auprès des autres et m'entraîna le long d'un couloir jusqu'à une pièce aux fenêtres garnies de vitraux avec un mobilier de bureau richement sculpté.

— C'était le cabinet du docteur Semich, me dit-il. Je vais...

— Vous serez en Grèce d'ici demain, coupai-je brutalement.

Les sourcils froncés, il contemplait ses pieds, l'air buté.

— Vous devriez savoir que vous ne pouvez pas réussir, expliquai-je. Vous vous figurez peut-être que tout se passe comme sur des roulettes. Si c'est le cas, c'est que vous êtes sourd, muet et aveugle. Je vous ai mis en place avec le canon d'un pétard braqué sur le foie d'Einarson. Et je vous ai gardé cette place jusqu'à cet instant uniquement en le kidnappant. J'ai conclu un marché avec Djudakovich — le seul homme fort que j'aie rencontré ici. C'est à lui de s'occuper d'Einarson. Je ne peux pas le garder plus longtemps. Djudakovich fera un bon roi, s'il le veut. Il vous promet quatre millions de dollars, un train spécial et un sauf-conduit pour Salonique. Vous partez la tête haute. Vous avez été roi. Vous avez tiré un pays de mains douteuses pour le remettre en d'autres qui sont bonnes. Ce gros type a de la classe. Et vous avez fait un bénéfice d'un million de dollars.

— Non. Partez, vous. J'irai jusqu'au bout. Ces gens m'ont fait confiance et je...

— Seigneur! C'est le refrain du vieux Doc Semich! Ces gens ne vous ont pas fait confiance — absolument pas. C'est moi qui vous ai fait confiance. Je vous ai fait roi, vous comprenez? Je vous ai fait roi pour que vous puissiez rentrer chez vous le front haut, et non pas pour que vous restiez ici à vous ridiculiser! J'ai acheté de l'aide avec des promesses. L'une d'entre elles était que vous partiriez dans les vingt-quatre heures. Vous devez tenir les promesses que j'ai faites en votre nom. Les gens vous ont fait confiance, hein? Vous leur avez été enfoncé dans la gorge, mon petit! Et c'est moi qui me suis chargé de l'opération. Maintenant, je vais vous en extirper. S'il se trouve que c'est un sale coup pour votre idylle, et si votre Valeska ne veut d'autre prix que le trône de ce pays lilliputien...

— Ça suffit. (Sa voix me parvint d'au moins quinze mètres au-dessus de moi.) Vous l'aurez, votre abdication. Je refuse l'argent. Vous me ferez prévenir lorsque le train sera prêt.

— Rédigez votre pensum tout de suite, ordonnai-je.

Il se dirigea vers le bureau, trouva une feuille de papier et, d'une main ferme, écrivit qu'en quittant la Muravie, il renonçait à son trône et à tous les privilèges qui s'y rattachaient. Il signa le document *Lionel Rex* et me le donna. Je l'empochai et commençai d'un ton compatissant :

— Je comprends fort bien ce que vous ressentez et je suis désolé que...

Il me tourna le dos et sortit de la pièce. Je regagnai l'hôtel.

Au quatrième étage, je sortis de l'ascenseur et me dirigeai à pas de loup vers la porte de ma chambre. Tout était silencieux. Je tournai la poignée. La porte n'était pas bouclée et j'entrai. Le vide total. Même mes vêtements et mes valises avaient disparu. Je montai à l'appartement de Grantham.

Djudakovich, Romaine, Einarson et la moitié des forces de police s'y trouvaient.

Le colonel Einarson était assis très droit dans un fauteuil au milieu de la pièce. Les cheveux et la moustache hérissés, le menton agressif, son visage coloré bosselé de muscles, le regard brûlant, il était dans l'une de ses humeurs les plus batailleuses. Cet état tenait du fait qu'on lui avait fourni un public.

Je regardai sans aménité Djudakovich qui, le dos tourné à l'une des fenêtres, se tenait campé sur ses jambes de géant largement écartées. Pourquoi ce gros imbécile n'avait-il même pas eu l'idée de garder Einarson dans un coin tranquille où il aurait eu toute latitude de le manœuvrer?

Romaine, de sa démarche flottante, louvoya parmi les policiers qui se tenaient debout ou assis un peu partout dans la pièce et s'approcha de moi, resté devant la porte.

— Toutes vos dispositions sont prises? demanda-t-elle.

— J'ai l'abdication dans ma poche.

— Donnez-la-moi.

— Pas encore, dis-je. D'abord, il faut que je sois sûr que votre Vasilije est aussi costaud qu'il en a l'air. Einarson ne m'a pas du tout l'air écrabouillé. Votre mastodonte aurait dû savoir qu'il s'épanouirait devant un public.

— On ne peut pas savoir ce que mijote Vasilije, dit-elle d'un ton léger, sinon que ce sera adéquat.

Je n'en étais pas aussi sûr qu'elle. Djudakovich lui posa une question de sa voix tonnante et elle lui fournit une réponse immédiate. Il émit un autre grondement, destiné cette fois aux policiers. Ils commencèrent à se retirer, seuls, deux par deux ou en groupes. Lorsque le dernier fut sorti, le gros homme cracha quelques mots à l'adresse d'Einarson à travers sa moustache jaune. Einarson se leva, la poitrine bombée, les épaules carrées, arborant un sourire plein d'assurance sous sa moustache noire.

— Qu'est-ce qui se passe maintenant? demandai-je à la fille.

— Venez et vous allez voir, dit-elle.

Nous descendîmes tous les quatre et sortîmes de l'hôtel. La pluie s'était arrêtée. Sur la place était rassemblée la moitié de la population de Stefania. Devant l'immeuble administratif et la Résidence du chef de l'Etat, la foule était particulièrement dense. Par-dessus leurs têtes, on apercevait les casquettes en peau de mouton du régiment d'Einarson, toujours autour de ces immeubles où il les avait laissés.

Nous fûmes, ou du moins Einarson fut reconnu et acclamé lorsque nous traversâmes la place. Einarson et Djudakovich avançaient les premiers côte à côte, le soldat d'un pas assuré, le géant avec une démarche dandinante. Romaine et moi suivions sur leurs talons. Nous nous dirigeâmes droit vers l'immeuble administratif.

— Qu'est-ce qu'il mijote? demandai-je avec irritation.

Elle me tapota le bras, eut un petit sourire excité et dit :

— Attendez et vous verrez.

Il semblait bien qu'il n'y eût rien d'autre à faire, sinon se biler.

Nous arrivâmes au pied des marches de pierre de l'immeuble administratif. Les baïonnettes luisaient d'un éclat froid et désagréable à la lueur incertaine du crépuscule lorsque les soldats d'Einarson présentèrent les armes. Nous montâmes l'escalier. Sur la dernière et large marche, Einarson et Djudakovich se retournèrent face aux soldats et aux citoyens massés en dessous d'eux. La fille et moi nous faufilâmes derrière eux. Elle claquait des dents, ses doigts s'enfonçaient dans mon bras mais un sourire intrépide flottait dans ses yeux et sur ses lèvres.

Les soldats massés autour de la Résidence du chef d'Etat vinrent se joindre à ceux qui se trouvaient déjà devant nous et repoussèrent la foule pour faire de la place. Un autre détachement arriva. Einarson leva une main, vociféra une douzaine de mots, gronda je ne sais quoi à Djudakovich et recula d'un pas.

Djudakovich prit la parole, rugissant sans effort de sa voix endormie que l'on pouvait certainement entendre jusqu'à l'hôtel. Puis, tout en parlant, il sortit un papier de sa poche et le brandit devant lui. Ni sa voix ni son attitude n'avait quoi que ce fût de théâtral. Il aurait pu être en train de traiter n'importe quel sujet d'importance négligeable. Mais il suffisait de regarder ses auditeurs pour savoir que c'était important.

Les soldats avaient rompu les rangs pour se rapprocher, les visages se congestionnaient, çà et là s'agitait une baïonnette au bout d'un fusil. Derrière eux, les citoyens se dévisageaient, l'air terrifié, et se bousculaient entre eux, certains tentant de s'approcher, d'autres de s'en aller.

Djudakovich parlait toujours. L'agitation croissait. Un soldat écarta ses camarades et commença à gravir les marches, suivi par d'autres.

Einarson s'avança au bord de la dernière marche et coupa le discours du mastodonte en vociférant vers les visages levés vers lui avec la voix d'un homme accoutumé à être obéi.

Les soldats sur les marches reculèrent en désordre. Einarson vociféra de nouveau. Les rangs rompus se reformèrent lentement, les fusils brandis furent reposés à terre. Einarson demeura un instant silencieux, fixant sur sa troupe un regard furibond, puis il commença une harangue. Je ne le comprenais pas plus que je n'avais compris le gros, mais à coup sûr il causait à ses auditeurs une forte impression. Et il était incontestable que la colère s'effaçait des visages au-dessous de nous.

Je jetai un coup d'œil à Romaine. Elle frissonnait et ne souriait plus. Je regardai Djudakovich. Il était aussi immobile et impavide que la montagne à laquelle il ressemblait.

J'aurais beaucoup donné pour comprendre de quoi il retournait, ce qui m'aurait permis de savoir s'il était plus sage de descendre Einarson et de me faufiler dans l'immeuble apparemment vide derrière nous, ou pas. Je supposai que le papier que Djudakovich tenait à la main devait constituer une preuve quelconque contre le colonel, preuve qui aurait excité les soldats au point de l'attaquer s'ils n'avaient pas été aussi habitués à exécuter ses ordres.

Tandis que je me perdais en vœux et en hypothèses, Einarson termina sa harangue, s'écarta d'un pas, pointa un doigt sur Djudakovich et aboya un ordre.

A nos pieds, les visages des soldats et leurs regards fuyants reflétaient leur indécision, mais quatre d'entre eux s'avancèrent vivement sur l'ordre de leur colonel et commencèrent à gravir les marches. « Ainsi donc, pensai-je, mon énorme candidat a perdu! Eh bien, à lui le peloton d'exécution. A moi la porte de derrière. » Je tenais le pistolet dans ma poche depuis un long moment. Sans le lâcher, je reculai lentement d'un pas, attirant la fille avec moi.

— Filez quand je vous le dirai, marmonnai-je.

— Attendez! haleta-t-elle. Regardez!

Le géant obèse, le regard toujours aussi endormi, tendit une énorme patte et saisit au poignet la main que tendait Einarson. Il contraignit Einarson à se plier en deux. Lâcha le poignet et attrapa le colonel à l'épaule. Le souleva de terre de cette seule main qui le tenait par l'épaule. Le secoua vers les soldats groupés plus bas. D'une seule main, secoua Einarson dans leur direction. De l'autre, il agitait le document. Et je veux bien être pendu si l'un semblait plus pesant au bout de son bras que l'autre!

Tout en les secouant — homme et document — il rugit de sa voix ensommeillée et lorsqu'il eut fini de rugir il jeta ce qu'il tenait dans chaque main vers les soldats aux yeux écarquillés de stupeur. Il les jeta en un geste qui signifiait : *Voilà l'homme et voilà les preuves qui existent contre lui. Faites-en ce qu'il vous plaira!*

Et les soldats qui avaient peureusement reformé les rangs sur l'ordre d'Einarson lorsqu'il se dressait, dominateur, au-dessus d'eux, eurent la réaction qu'on pouvait attendre d'eux lorsque le colonel leur fut jeté en pâture.

Ils le mirent littéralement en pièces détachées. Ils lâchèrent leurs fusils, se battirent pour arriver jusqu'à lui. Les plus éloignés grimpaient pardessus ceux des premiers rangs, les étouffaient, les piétinaient. Ils avançaient et reculaient par vagues, meute insensée d'hommes transformés en loups, luttant sauvagement pour détruire un homme qui, sans doute, était mort moins de trente secondes après avoir touché terre. J'écartai la main de la jeune fille posée sur mon bras et m'avançai vers Djudakovich.

— La Muravie est à vous, dis-je. Je ne veux rien d'autre que notre bon et le train. Voici l'abdication.

Romaine lui traduisit rapidement mon message, puis la réponse de Djudakovich :

— Le train est déjà prêt. Le bon vous sera remis au moment d'y monter. Désirez-vous aller chercher Grantham?

— Non. Envoyez-le là-bas. Comment trouverai-je le train?

— Je vais vous conduire, dit-elle. Nous allons traverser l'immeuble et sortir par une porte latérale.

Un des détectives de Djudakovich était assis au volant d'une voiture devant l'hôtel. Romaine et moi nous y installâmes. De l'autre côté de la place, le tumulte était toujours à son comble. Nous restâmes l'un et l'autre silencieux, tandis que la voiture filait rapidement dans les rues qui s'assombrissaient.

Au bout d'un moment, elle demanda très doucement :

— Et maintenant, vous me méprisez?

— Non. (Je tendis une main vers elle.) Mais je déteste la populace, les lynchages. Ça m'écœure. Je prie Dieu simplement d'avoir un jour la chance d'être accroupi derrière une mitrailleuse avec une bande de lyncheurs en face de moi. Je n'avais rien à faire d'Einarson, mais je ne lui aurais pas réservé ce sort! Enfin, ce qui est fait est fait. Qu'est-ce que c'était, ce document?

— Une lettre de Mahmoud. Il l'avait confiée à un ami pour qu'elle soit remise à Vasilije s'il lui arrivait quelque chose. Il connaissait Einarson, semble-t-il, et il préparait sa vengeance. Dans cette lettre, il — lui, Mahmoud — avouait quel rôle il avait joué dans l'assassinat du général Radnjak et déclarait qu'Einarson était également impliqué. L'armée vénérait Radnjak et Einarson voulait l'armée.

— Votre Vasilije aurait pu s'en servir pour chasser Einarson du pays, sans le jeter en pâture aux loups, protestai-je.

— Vasilije a eu raison. Aussi terrible que c'était, il n'y avait pas d'autre façon d'agir. C'est terminé et réglé à jamais, et Vasilije est au pouvoir. Einarson vivant, l'armée ignorant qu'il avait tué son idole, c'était trop risqué. Jusqu'à la fin, Einarson a cru qu'il était assez puissant pour tenir ses troupes, quoi qu'elles puissent savoir. Il...

— Bon, c'est fait. Et je suis bien content d'en avoir terminé avec ce coup du roi. Embrassez-moi.

Elle m'embrassa, puis murmura :

— Quand Vasilije mourra — et il ne peut pas vivre bien longtemps avec tout ce qu'il engloutit — je viendrai à San Francisco.

— Vous êtes une petite garce de la plus belle eau, dis-je.

Lionel Grantham, ex-roi de Muravie, n'arriva au train que cinq minutes après nous. Il n'était pas seul. Valeska Radnjak, la mine aussi royale que si elle avait été vraiment souveraine de je ne sais quoi, l'accompagnait. Elle ne semblait pas particulièrement affectée par la perte de son trône.

Le jeune homme se montra assez aimable et poli envers moi durant notre brinquebalant voyage jusqu'à Salonique, mais, de toute évidence, il n'était guère à l'aise en ma compagnie. Pour sa future épouse, personne au monde n'existait en dehors du jeune homme, à moins que le hasard ne plaçât quelqu'un directement sur son chemin. Je n'attendis donc pas leur mariage, mais quittai Salonique sur un bateau qui appareilla deux heures après notre arrivée.

Je leur laissai le bon, bien entendu. Ils décidèrent de récupérer les trois millions de Lionel et de renvoyer le quatrième en Muravie. Et je regagnai San Francisco pour me chamailler avec mon patron à propos de dépenses de cinq ou dix dollars figurant sur ma note de frais, et qu'il jugeait parfaitement superflues.

Durant des années, nous avions parlé en plaisantant du jour où j'écrirais un livre sur lui. Au début, je lui disais : « Parle-moi donc encore de cette jolie fille de San Francisco; l'idiote qui habitait Pine Street sur le palier en face de chez toi. » Et il se mettait à rire et répondait : « Elle habitait en face de chez moi sur le palier et elle était idiote. — Dis-m'en plus long que ça. Jusqu'à quel point elle te plaisait et... » Alors, il bâillait. « Finis ton verre et va te coucher. » Mais quelques jours plus tard, peut-être le soir même, si la curiosité me travaillait, et c'était le cas, la plupart du temps, je répliquais : « Bon, ça va, fais ta tête de mule à propos des filles. Et maintenant, parle-moi de ta grand-mère et dis-moi à quoi tu ressemblais quand tu étais petit. — J'étais un bébé gras à lard. Ma grand-mère allait au cinéma tous les après-midi. Elle avait une passion pour un acteur de cinéma qui s'appelait Wallace Reïd; d'ailleurs, je t'ai déjà raconté tout ça. » Je lui disais que je ne voulais rien laisser au hasard pour après sa mort lorsque j'écrirais sa biographie, et il me répondait que je n'avais pas à prendre la peine d'écrire sa biographie parce qu'en fin de compte ce serait surtout l'histoire de Lillian Hellman, avec des allusions de loin en loin à un ami nommé Hammett.

Le jour de sa mort remonte à près de cinq ans. C'était le 10 janvier 1961. Jamais je n'écrirai cette biographie parce que je ne peux pas parler de mon ami le plus proche, de celui que j'aimais le plus tendrement. Et peut-être parce que toutes ces questions échelonnées sur trente et un ans, et les rares réponses à ces questions, se sont embrouillées, parce que la vie a changé pour l'un et l'autre et parce que les questions et les réponses, finalement, se sont confondues en un courant unique venu des jours de ma jeunesse et coulant vers ceux de ma maturité.

Ceci ne sera donc pas une tentative de biographie de Samuel Dashiell Hammett, né dans le comté de St. Mary, Maryland, le 27 mai 1894. Il ne sera pas non plus porté ici de jugement critique sur les nouvelles contenues dans cet ouvrage. Il fut un temps où je les trouvais toutes excellentes. Mais elles ne sont pas toutes excellentes, bien qu'à mon avis la plupart le soient. Il n'est que juste de préciser dès maintenant qu'en les publiant, j'ai fait ce qu'Hammett ne voulait pas faire; il avait décliné toutes les propositions visant à la réimpression de ces récits, mais je n'ai jamais su au juste pourquoi et ne lui ai jamais posé la question. Je savais, d'après ce qu'il m'avait dit de *Tulip* (1), le roman inachevé qui figure dans ce recueil, qu'il avait l'intention de commencer une nouvelle vie littéraire et peut-être voulait éviter que son œuvre ancienne risquât de se mettre en travers. Mais parfois, je crois qu'il était simplement

1. Cette œuvre doit paraître dans la Série Noire en août, sous le nº 1217.

trop malade pour s'en occuper, trop las pour écouter les projets qu'on lui soumettait ou lire des contrats. Le fait de respirer, simplement de respirer, suffisait à l'occuper jour et nuit.

Durant la Première Guerre mondiale, dans un camp, atteint d'une grippe qui avait dégénéré en tuberculose, Hammett devait passer des années dans des hôpitaux militaires. Il revint de cette guerre avec un emphysème, mais comment il trouva moyen de participer à la Deuxième Guerre mondiale à l'âge de quarante-huit ans me stupéfie encore. Il me téléphona le jour où l'armée l'avait reconnu apte au service pour me dire que c'était le plus beau jour de sa vie et, avant que j'aie pu achever de lui répondre que ça n'était pas le plus beau jour de sa vie et, avant que j'aie pu achever de lui répondre que ça n'était pas le plus beau jour de la mienne, sans parler des anciennes cicatrices de ses poumons, il s'était mis à rire et avait raccroché. Sa mort fut causée par un cancer du poumon qu'on ne décela que deux mois avant le décès. Il n'était pas opérable. Je doute qu'il eût jamais accepté d'être opéré, même si cela avait été possible — aussi décidai-je de ne pas lui parler de ce cancer. Le docteur spécifia que lorsque les souffrances commenceraient, ce serait dans le poumon droit et le bras, mais qu'il pourrait ne pas souffrir du tout. Le docteur se trompait : quelques heures seulement après qu'il m'eut parlé, la douleur s'éveilla. Hammett avait diagnostiqué lui-même un rhumatisme dans le bras droit et il avait toujours déclaré que c'était pour cette raison qu'il avait renoncé à la chasse. Le jour où j'appris qu'il avait un cancer, il me dit que l'épaule où il appuyait la crosse de son fusil le faisait à nouveau souffrir et me demanda si je pouvais le frictionner. Je me souviens comment, assise derrière lui, en train de lui frotter l'épaule, j'espérais qu'il penserait toujours que c'était un rhumatisme et se rappellerait seulement ses journées de chasse automnales. Mais la douleur ne revint jamais ou alors il n'y fit jamais allusion, à moins que la mort fût si proche que cette souffrance dans l'épaule se confondît avec les autres.

Il n'avait pas envie de mourir et j'aime à croire qu'il ne se savait pas condamné. Mais je m'efforce encore aujourd'hui de ne pas penser à la signification possible de ce qui se passa un jour, peu de temps avant sa mort, très tard dans la nuit. J'étais entrée dans sa chambre et, pour l'unique fois depuis des années que je le connaissais, il avait les larmes aux yeux et son livre gisait, abandonné, sur le drap. Je m'assis à côté de lui et dus attendre un long moment avant de pouvoir dire : « As-tu envie d'en parler? » Il me répondit, presque avec irritation : « Non, ma seule chance est justement de ne pas en parler. » Et il n'en parla jamais. Sa patience, son courage, sa dignité au cours de ces mois de souffrance, furent très grands. C'était comme si tout ce qui constitue une vie d'homme s'était combiné pour en témoigner : souffrir était un problème strictement privé et il n'était pas question de s'en mêler. Il ne réclamait plus que rarement ce dont il avait besoin et à peu près tout ce que nous faisions — ma secrétaire et la cuisinière qui lui étaient dévouées, comme l'avaient été la plupart des femmes — consistait à lui monter des repas qu'il touchait à peine, des livres qu'il ne pouvait presque plus lire, son café de l'après-midi et le Martini que je tenais à lui voir servi avant le dîner qu'il ne mangeait pas. Un soir de la dernière année, une mauvaise soirée, je lui dis : « Prends un autre martini. Tu te sentiras mieux. — Non, répondit-il. Je ne veux pas. — D'accord, repris-je, mais je parie que l'idée ne te serait jamais venue que je t'encouragerais à boire. » Il se mit à rire pour la première fois ce jour-là. « Non, ma foi, et l'idée ne me serait jamais venue que je refuserais. »

Car le soir où nous fîmes connaissance, il émergeait d'une cuite de cinq jours d'affilée et il devait continuer à boire comme un trou pendant les dix-huit années suivantes puis, un jour, mis en garde par un médecin, il promit de ne plus boire une goutte d'alcool et tint parole sauf la dernière année, celle du martini; encore l'idée venait-elle de moi.

Nous nous rencontrâmes quand j'avais vingt-quatre ans et lui trente-six dans un restaurant d'Hollywood. La cuite de cinq jours avait marqué son merveilleux visage et sa longue et mince silhouette semblait lasse et un peu affaissée. Nous parlâmes de T. S. Eliot, bien que je ne me souvienne plus au juste de ce que nous dîmes, puis nous allâmes nous asseoir dans sa voiture et nous continuâmes à parler de tout et de nous-mêmes jusqu'au lever du jour. Nous devions nous rencontrer encore une fois quelques semaines plus tard et, par la suite, à nouveau par intervalles durant le reste de sa vie et trente ans de la mienne.

Trente ans représentent, me semble-t-il, une longue période et cependant, tandis que je me prépare à les évoquer, mes souvenirs se dérobent, se désagrègent et je sais que je ne peux me fier à certains d'entre eux. Je me rappelle clairement cette première rencontre et la suivante et beaucoup d'autres images, d'autres sons me surgissent à l'esprit, mais sans ordre ni chronologie et je ne crois pas éprouver le désir d'en effectuer le classement. (J'aurais pu entreprendre des recherches, cela m'est arrivé à propos d'autres personnes, mais je ne voulais pas agir ainsi vis-à-vis d'Hammett ou me transformer en comptable de ma propre existence.)

Je ne veux pas prendre un parti pris de modestie vis-à-vis de lui ou de moi, mais je me demande maintenant si cela peut avoir grand sens pour quiconque excepté moi que mon deuxième souvenir le plus vif soit celui d'une journée datant de l'époque où nous vivions sur une petite île en face de la côte du Connecticut. Cela se passait six ans après notre première rencontre. Six années heureuses et malheureuses durant lesquelles j'avais, avec l'aide d'Hammett, écrit ma première pièce. Je revenais du continent dans un petit dériveur rempli de provisions et Hammett était descendu à l'appontement pour m'aider à amarrer le bateau. Il avait été malade cet été-là — la première de ses maladies — et il était encore plus mince que d'habitude. Avec ses cheveux blancs, son pantalon blanc, sa chemise blanche, sa forme élancée se découpait sans épaisseur sur le soleil couchant. Peut-être n'ai-je jamais rien vu d'aussi beau, me dis-je, que cette silhouette d'homme, ce nez en lame de couteau; l'écoute m'échappa des doigts et le vent cessa de gonfler la voile. Hammett se mit à rire tandis que je m'efforçais de reprendre le vent. Je ne sais pas pourquoi, je m'écriai avec irritation :

« Alors, tu es un de ces saints pécheurs de Dostoïevsky, hein? C'est bien ça. » Son rire s'arrêta et, quand j'atteignis enfin l'appontement, nous n'échangeâmes pas une parole tout en portant les paquets, et nous restâmes silencieux pendant tout le dîner. Tard dans la nuit, il demanda : « Pourquoi as-tu dis ça? Qu'est-ce que ça veut dire? »

Je lui répondis que je ne savais pas pourquoi je l'avais dit ni ce que cela signifiait. Des années après, quand sa vie eut changé, je sus ce que j'avais voulu dire ce jour-là. J'avais vu le pécheur — enfin, l'idée qu'on s'en fait — et senti le changement avant qu'il intervînt. Quand je le lui dis, Hammett déclara qu'il ne savait pas à quoi je faisais allusion, que tout ça était trop religieux pour lui. En réalité, il savait ce que j'avais voulu dire, et il était très content.

Mais les années prospères, insouciantes et folles étaient passées à l'époque où nous eûmes cette conversation. Quand je fis la connaissance de Dash, il avait écrit quatre de ses cinq romans et c'était l'une des coqueluches de Hollywood et de New York. Ce n'est pas particulièrement remarquable d'être la coqueluche de ces deux grandes villes — à chaque saison d'hiver une nouvelle étoile se lève — mais dans son cas, un intérêt supplémentaire sollicitait les amateurs de vedettes du fait que cet ex-détective, victime de sérieuses blessures aux jambes et avec une entaille dans le crâne pour s'être frotté de trop près à la pègre, était affable. bien élevé, d'allure élégante, descendant d'une vieille famille de pionniers, excentrique, spirituel et dépensait tant d'argent pour les femmes qu'il leur aurait plu même s'il n'avait été nullement de bonne compagnie. Mais, tandis que passaient les années de 1930 à 1948, il écrivit seulement un roman et quelques nouvelles. En 1945, boire ne lui apportait plus aucune gaieté. Ses périodes d'ivresse duraient plus longtemps et son humeur s'assombrissait. Je me trouvais auprès de lui, par intermittence, durant presque toutes ces années, mais en 1948 je ne pouvais plus supporter de le voir boire. Je n'avais pas vu Hammett et ne lui avais pas parlé depuis deux mois quand sa fidèle femme de ménage m'appela pour me dire que je ferais bien de me rendre tout de suite à son appartement. Je répondis par un refus, puis j'y allai. Elle et moi habillâmes un homme à peine capable de soulever un bras ou une jambe et l'amenâmes chez moi; cette nuit-là, je fus témoin d'une crise de delirium tremens, bien que je ne sus à quoi j'avais assisté qu'après avoir été informé par le docteur le lendemain à l'hôpital. Ce docteur était un vieil ami. Il déclara : « Je vais dire à Hammett que s'il continue à boire il sera mort dans quelques mois. C'est mon devoir de l'avertir, mais ça ne servira à rien. » Un moment après, il ressortit de la chambre de Dash. « Je l'ai prévenu, dit-il. Dash a répondu d'accord, qu'il allait se mettre au régime sec définitivement, mais il en est incapable et il ne le fera pas. » Mais il en était capable et il le fit. Cinq ou six années plus tard, je dis à Hammett que le docteur avait assuré qu'il ne resterait pas au régime sec. Dash parut surpris. « Mais j'ai donné ma parole ce jour-là. — Tu as toujours tenu ta parole? demandai-je. — La plupart du temps, répondit-il. Peut-être parce que je ne l'ai donnée que si rarement. » Le sens de l'honneur s'était développé très tôt dans sa vie et il en observait les règles auxquelles il était farouchement attaché. En 1951, il alla en prison parce que lui et deux autres responsables de la Caisse d'Entraide du Congrès des Droits civiques avaient refusé de révéler le nom des souscripteurs. La vérité était qu'Hammett n'était jamais entré dans le bureau du comité et ne connaissait le nom d'aucun souscripteur. Le soir du jour précédant celui où il devait comparaître devant le tribunal, je lui dis : « Pourquoi ne réponds-tu pas que tu ne sais pas les noms? — Non, répliqua-t-il, je ne peux pas faire ça. — Pourquoi? — Je ne sais pas pourquoi. » Après un silence chargé de nervosité entre nous, il reprit : « Je crois que ça tient au goût que j'ai de tenir parole, mais je ne veux pas en parler. Il n'arrivera pas grand-chose, quoique je pense que nous passerons un bout de temps en prison, mais il ne faut pas te faire de souci, parce que... » Et soudain, je cessai de le comprendre, car sa voix s'était étouffée et les mots lui venaient aux lèvres sur un rythme précipité, tout à fait inhabituel de sa part. Je lui dis que je ne l'entendais plus et il éleva la voix tout en inclinant la tête. « J'ai horreur de ce genre de conversation, mais je ferais peut-être mieux de te dire que si c'était plus grave que de la prison, s'il s'agissait de ma vie, je la donnerais pour ce que je crois être la démocratie et je ne laisserais pas les flics ou les juges m'expliquer ce que je crois être la démocratie. » Après quoi, il rentra se coucher et le lendemain fut mis en prison.

14 juillet 1965.

C'est une belle journée d'été. Il y a quatorze ans, par une autre belle journée d'été, l'avocat dont Hammett disait n'avoir pas besoin, dont il ne voulait pas, mais auquel il avait consenti à parler parce que cela pourrait me réconforter, revenait de la prison de West Street avec un message de Hammett griffonné par l'avocat au dos d'une vieille enveloppe : « Dire à Lily de s'en aller, lui dire que je n'ai pas besoin de preuves de son amour et que je n'en veux pas. » Ainsi je partis pour l'Europe et lui écrivis une lettre presque chaque jour, ignorant qu'on ne lui en remettait guère qu'une sur dix et n'en recevant jamais de lui puisqu'il n'était pas autorisé à écrire à quiconque d'étranger à sa famille. (Hammett avait été alors transféré dans un pénitencier fédéral en West Virginia.) Je ne reçus qu'un message cet été-là, m'apprenant que son travail consistait à nettoyer les lavabos et qu'il les nettoyait mieux que je ne l'avais jamais fait.

Je revins à New York pour retrouver Hammett le soir où il sortait de prison. La détention avait fait d'un homme mince un homme encore plus mince, d'un homme malade un homme encore plus malade. Avec sa silhouette d'invalide, il s'efforçait à une démarche dégagée, mais en descendant la passerelle de l'avion, il se cramponnait à la rampe et, avant de me voir, il trébucha et s'arrêta pour se reposer. Je crois que je sus alors pour la première fois qu'il serait toujours malade à l'avenir. Je me sentais trop effondrée pour le saluer, aussi repartis-je en courant vers l'aéroport et nous nous perdîmes pendant plusieurs minutes. Mais, au bout d'une semaine, quand il eut dormi et fut devenu capable de s'alimenter un peu, une farce irritante commença qui devait durer tout le reste de son existence : la prison avait beaucoup de bon. La nourriture était infecte, c'était vrai, et parfois même servie à l'état de pourriture, mais on pouvait toujours avoir du lait; les bootleggers et les voleurs de voitures étaient idiots, mais leur conversation n'était pas plus bête qu'une cocktail-party de New York; personne n'aimait nettoyer les lavabos, mais avec le temps on finissait par découvrir une certaine fierté au travail et s'intéresser aux différents produits de nettoyage; les détenus homosexuels avaient mauvais caractère, mais pas pire que ceux des bars et ainsi de suite. La forme de vantardise d'Hammett — et tout aussi bien son humeur — consistait toujours à rire des ennuis et des souffrances. Nous avions un jour rencontré Howard Fast dans la rue et il nous avait parlé de la peine de prison qui l'attendait. Comme nous nous séparions, Hammett déclara : « Ce sera plus facile pour vous, Howard, si vous commencez par ôter votre couronne d'épines. » Aussi aurais-je dû prévoir qu'Hammett parlerait de sa propre détention comme beaucoup d'entre nous parlent de l'université.

Je ne désire pas éviter le sujet des convictions politiques d'Hammett, mais la vérité est que je ne sais pas s'il était membre du parti communiste et je ne le lui ai jamais demandé. Cette attitude donne l'impression d'un étrange faux-fuyant entre deux êtres; nous ne la concevions nullement comme un faux-fuyant. Sans doute était-ce une résultante des temps que nous traversions et un certain accord tacite sur le rapport de la vie privée. Maintenant, en me penchant sur le passé, je crois que nous observions des règles plutôt bizarres en matière de vie privée — différentes de celles des autres. Par exemple, nous ne nous posions jamais de questions à propos d'argent, nous ne nous demandions pas combien coûtait ceci, combien rapportait cela, bien que chacun donnât à l'autre, au long des années, selon les besoins qu'il pouvait avoir. Peu m'importe de ne pas savoir si Hammett était membre du parti communiste; à coup sûr, il était marxiste. Mais un marxiste à l'esprit très critique et qui manifestait souvent du mépris pour l'Union soviétique, de la même façon bornée que les Américains méprisent les étrangers. Il se montrait souvent ironique et mordant à l'égard du parti communiste américain, mais finalement lui était loyal. Un jour, au cours d'une discussion avec moi, il me déclara que, bien entendu, beaucoup d'aspects du communisme le tracassaient, l'avaient toujours tracassé et que s'il trouvait quelque chose de mieux, il avait l'intention de changer d'opinion. Puis il ajouta : « Maintenant, je t'en prie, ne discutons plus jamais de ça, parce que nous nous blessons mutuellement. » Et nous ne discutâmes plus jamais et je suppose que cette seule abstention peut provoquer des blessures ou laisser un fossé trop large pour être franchi, mais cela valait mieux que les disputes qui s'étaient élevées entre nous; elles avaient commencé dans les années quarante, quand il avait compris que je ne pouvais pas suivre sa route. Je pense qu'il avait dû en être peiné, mais il n'y fit jamais allusion. J'étais peinée, moi aussi, mais je savais que, contrairement à bien des extrémistes, ce à quoi il croyait, ce à quoi il avait abouti, il l'avait acquis par la lecture et la réflexion. Il lui fallait du temps pour se former une conviction, il avait l'esprit ouvert et il était de nature tolérante.

Hammett était issu d'une génération d'écrivains de talent. Ceux que je connaissais avaient une conception romantique de leur état; il était bon d'être écrivain, peut-être n'y avait-il rien de mieux, et l'on faisait des sacrifices pour y parvenir. Sans doute avaient-ils envie d'argent et de louanges, tout autant que les écrivains d'aujourd'hui, mais je ne crois pas que ce besoin maladif était aussi grand, ni le poison aussi fort. On voulait gagner de l'argent, bien sûr, mais l'on n'entrait pas en compétition avec les commerçants ou les banquiers et si l'on dispersait ses talents autour de soi, ce n'était pas à l'intention de la haute société. Quand je rencontrai Dash pour la première fois, il se dispersait, lui, dans les soirées hollywoodiennes et les bars de New York : cette dispersion n'était pas moins fâcheuse mais un peu plus excusable car ceux qui se trouvaient là pour en bénéficier auraient pu sortir de *The Day of the Locust* (1). Mais il savait ce qui lui arrivait et, après 1948, cette situation ne devait plus se reproduire. Il serait agréable de dire qu'avec ce changement d'existence, sa productivité augmenta, mais ce ne fut pas le cas. Peut-être sa vigueur et sa force créatrice s'étaient-elles dissipées. Mais si positive soit-elle, la productivité n'est pas la seule preuve d'une vie sérieuse et maintenant, plus que jamais, il passait son temps à lire. Il lisait tout et n'importe quoi. Il n'aimait guère les écrivains; il n'aimait ou ne détes-

(1) Pièce de Nathaniel West.

tait que très peu de gens, mais les bons écrivains ne lui inspiraient pas d'envie et pour tous il éprouvait de la tendresse, sans doute parce qu'il se souvenait de ses propres débuts difficiles.

Je ne sais pas quand Hammett décida d'écrire pour la première fois, mais je sais qu'il commença après être sorti des hôpitaux militaires dans les années 20 et s'être installé avec sa femme et sa fille — il devait avoir une seconde fille — à San Francisco. (Il revint travailler pour Pinkerton un certain temps, mais je ne suis pas certaine que ce fut à cette époque-là ou plus tard.) Un jour, comme je lui demandais pourquoi il n'avait jamais envie d'aller en Europe, pourquoi il n'avait jamais envie de voir un autre pays, il me répondit qu'il avait voulu se rendre en Australie, peut-être pour y rester, mais que le jour où il avait décidé de quitter définitivement Pinkerton, il avait aussi décidé de renoncer définitivement à l'Australie. Un bateau australien, se rendant de Sydney à San Francisco et transportant deux cent mille dollars d'or, avait signalé à son courtier d'assurance de San Francisco que l'or avait disparu. La compagnie d'assurance était cliente de Pinkerton. Hammett et un autre enquêteur se retrouvèrent à bord du bateau dès son accostage, en questionnèrent tous les marins et les officiers et le fouillèrent avec soin mais sans trouver l'or. Ils savaient que cet or ne pouvait être qu'à bord, aussi l'agence décida-t-elle que lorsque le bateau repartirait, Hammett en serait passager. Un homme au comble de la joie partant gratis pour un voyage dont il avait toujours rêvé boucla ses bagages. Quelques heures avant le départ, la direction de l'agence suggéra une ultime fouille, sans espoir, du bateau. Hammett grimpa au sommet d'une cheminée qu'il avait déjà examinée plusieurs fois auparavant, baissa les yeux et s'écria : « Ils l'ont déplacé. Il est ici. » Il racontait qu'à l'instant où les mots franchissaient ses lèvres, il s'était dit : « Tu n'es même pas assez malin pour être détective. Pourquoi n'aurais-tu pas découvert l'or après un jour en mer? » Il repêcha l'or, le ramena au bureau de l'agence et démissionna l'après-midi même. Cette démission fut suivie pour lui d'une série de boulots variés, mais je ne me rappelle plus lesquels. Au bout d'un an environ, la tuberculose se remit à gagner du terrain et les hémorragies commencèrent. Il était résolu à ne pas retourner dans les hôpitaux militaires et, comme il pensait que le temps qui lui restait à vivre était compté, il décida de le consacrer à faire ce qu'il voulait. Il quitta sa femme et ses enfants, vécut de soupe et se mit à écrire. Un jour, les hémorragies cessèrent pour ne jamais se reproduire et, à un moment de cette période, il commença à se faire un peu d'argent grâce à sa collaboration à de médiocres illustrés ou autres feuilles de chou et même grâce à des poèmes vendus à *Smart Set* de Mencken. Cette époque de la vie d'Hammett reste un peu dans le vague pour moi, mais il m'a toujours semblé qu'elle était agréable et libre dans le style de la bohème des années 20 : la fille de Pine Street, et celle de Grant Street, et la bonne cuisine des restaurants bon marché de San Francisco, et le vin rouge italien, et la célébrité dans le domaine des illustrés de bas étage, alors et peut-être encore maintenant un monde en soi.

18 juillet 1965.

Ces souvenirs sur Hammett, je les écris durant l'été. Peut-être est-ce pour cette raison que la plupart de ceux qui me reviennent à l'esprit ont trait à l'été, bien que, comme tous les gens qui vivent à la campagne, nous étions beaucoup plus proches l'un de l'autre pendant l'hiver. L'hiver était pour moi l'époque du travail et je travaillais mieux si Hammett se trouvait près de moi. Il était là, il est là, alors que, les yeux fermés, je revois une autre maison, en train de lire *Le Jardin d'automne.* J'étais, bien entendu, nerveuse en l'observant. Il avait toujours été très critique; j'y étais habituée et désirais qu'il le fût, mais cette fois, je pressentais quelque chose de nouveau et j'étais inquiète. Il acheva la pièce, vint vers moi, déposa le manuscrit sur mes genoux, retourna s'asseoir et se mit à parler. Il ne m'adressa pas ses critiques habituelles; son ton s'était fait acerbe, irrité, agressif. Il parlait comme si je l'avais trahi. Je fus si choquée, si peinée que, sans le journal que je tenais pour chacune de mes pièces, je ne devrais pas me rappeler cette scène. Il me déclara ce jour-là : « Tu as commencé comme un écrivain sérieux. C'est ce que j'aimais, c'est pour cela que j'ai travaillé. Je ne sais pas ce qui s'est passé, mais il faut déchirer ça et le jeter. C'est pire que mauvais — c'est à moitié bon. » Assis en face de moi, il me jetait des regards furieux. Je m'enfuis en courant, descendis à New York et ne revins pas d'une semaine. Quand je rentrai, j'avais déchiré la pièce. Je mis les morceaux dans une serviette et posai la serviette devant sa porte. Nous n'y fîmes plus la moindre allusion jusqu'à ce que j'eus fini de la réécrire sept mois plus tard. Tandis qu'il la lisait, ma nervosité m'avait abandonnée. J'étais trop fatiguée pour m'inquiéter et je m'endormis sur le canapé. Je me réveillai parce que Hammett, assis à côté de moi, me caressait les cheveux, le sourire aux lèvres, en hochant la tête. Après qu'il eut opiné du bonnet un long moment, je lui demandai : « Qu'est-ce que tu penses? » Et il répondit : « Des choses très agréables. Parce que c'est la meilleure pièce qui ait été écrite depuis longtemps. Peut-être encore plus longtemps que ça. C'est une bonne journée, une très bonne journée. » Je fus si abasourdie par ce genre de louanges que je n'avais jamais entendu auparavant, que je me dirigeai vers la porte pour sortir faire un tour. « Ah! non, dit-il. Reviens ici. Il y a une tirade qui cloche dans le dernier acte. Refais-la. » Je lui dis que je ne referais rien du tout. Il déclara : « Bon, je la ferai moi-même », et il le fit, passant sur ce travail la nuit entière.

Quand *Le Jardin d'automne* fut en répétition, Dash vint presque tous les jours, plus anxieux encore que moi-même en constatant ce qui arrivait à la pièce, que la vie s'en échappait, processus qui peut fort bien arriver parfois sur la scène et qui, une fois amorcé, peut rarement être enrayé.

Hier, je lisais trois lettres qu'il avait adressées à un ami parlant de ses espoirs pour la pièce, les répétitions et la première. Le souci qu'il avait de moi et de la pièce était très grand, mais avec le temps, j'en vins à découvrir qu'il faisait preuve de bonté vis-à-vis de tous les écrivains qui venaient lui demander de l'aider et que peut-être sa générosité s'adressait moins à l'écrivain qu'à son métier et aux servitudes de ce métier. Je connaissais, bien entendu, sa générosité depuis longtemps, mais la générosité et la prodigalité peuvent se mêler et il me fallut longtemps pour les distinguer l'une de l'autre.

Quelques années avant ma rencontre avec Dash, l'argent fourni à profusion par Hollywood était envolé, dispersé, dépensé pour moi qui n'étais pas d'accord et pour d'autres qui l'étaient. Je crois que Hammett était la seule personne de ma connaissance qui ne se souciât jamais de l'argent, ne se plaignait jamais, ne manifestait aucun regret quand il n'y en avait plus. Peut-être l'argent est-il irréel pour la plupart d'entre nous et peut-être est-il plus facile d'y renoncer qu'aux choses que nous désirons. (Mais en ce temps-là, je ne le savais pas, confondant peut-être cette attitude avec la prodigalité, l'ostentation.) Un jour, des années plus tard, Hammett s'acheta un arc très cher à une époque où ce geste signifiait le renoncement à d'autres choses pour l'obtenir. L'arc venait juste d'arriver ce jour-là et il l'essayait, le manipulait, ravi de son acquisition, quand des amis débarquèrent avec leur petit garçon de dix ans. Dash et le gamin passèrent l'après-midi avec l'arc et le visage de l'enfant se décomposa quand il dut l'abandonner. Hammett ouvrit la porte arrière de la voiture, posa l'arc à l'intérieur et rentra précipitamment dans la maison, sourd à tous les cris de « Non, non! » et autres protestations. Après le départ de nos amis, je lui dis : « Etait-ce bien nécessaire? Tu en avais tellement envie. — Le gosse en avait encore plus envie, répondit Hammett. Les choses appartiennent à ceux qui les désirent le plus. » Tel était certes le cas avec l'argent. C'est ainsi que vinrent les ennuis et, soudain, il y eut des jours sans dîner, des loyers impayés et le reste. C'était donc le temps des vaches maigres, nullement pire que celui qu'eurent à subir bien des gens, mais le contraste entre l'absence de dîner le lundi et un festin largement arrosé de vin le mardi me mettait dans un état d'irritabilité qu'il ne comprit jamais.

Quand nous étions vraiment sans le sou, durant ces premières années à New York, Hammett obtint une modeste avance de Knopf et commença à écrire *L'Introuvable* (1). Il alla s'installer dans ce qu'on appelait par plaisanterie la « suite diplomatique » d'un hôtel dirigé par notre ami Nathaniel West. C'était un hôtel neuf, mais Pop West et la crise avaient réussi à le mener à la ruine immédiatement. A coup sûr, la chambre de Hammett n'avait jamais vu de diplomate, car même le plus petit Oriental aurait eu des difficultés à se déplacer dans un tel espace. Mais le loyer était modique, la nourriture pouvait être mise sur la note et je pouvais passer une partie de mon temps libre à fouiner avec Pop dans les vies des autres clients, tous plutôt bizarres. J'avais connu Dash quand il écrivait des nouvelles, mais je ne m'étais jamais trouvée à ses côtés pendant un travail de longue haleine. L'existence changea : plus question d'alcool ou de soirées. Le temps de la claustration était venu et rien ne devait plus le troubler jusqu'à ce que le livre fût achevé. Je n'avais

(1) *The thin man.*

jamais vu travailler quelqu'un de cette façon. Un choix minutieux de chaque mot, la fierté retirée de la netteté même de la page dactylographiée, le refus durant dix ou quinze jours d'aller seulement faire un tour à pied de peur de perdre quelque chose. Ce fut une bonne année pour moi et qui m'apprit beaucoup. Je fus peut-être aussi un peu effrayée par un homme qui, maintenant, n'avait plus besoin de moi. Ce fut donc un heureux jour que celui où je reçus à lire la moitié du manuscrit en apprenant que j'étais Nora. C'était agréable d'être Nora, mariée à Nick Charles, peut-être l'un des rares mariages dans la littérature moderne où l'homme et la femme s'aiment et s'offrent ensemble du bon temps. Mais je devais bientôt être remise à ma place. Hammett me dit que j'étais aussi l'idiote de l'histoire et la mauvaise femme. Je ne sais toujours pas s'il plaisantait mais, sur le moment, cela me préoccupa. Je tenais beaucoup à ce qu'il pensât du bien de moi. La plupart des gens en étaient au même point que moi vis-à-vis de lui. Des années plus tard, Richard Wilbur disait qu'en s'approchant de Hammett pour lui serrer la main, on éprouvait le désir de susciter son approbation. Il existe des gens de cette sorte et Hammett était du nombre. J'ignore ce qui confère ce trait à certains hommes, quelque chose qui flotte autour d'eux et qui ne tient guère à ce qu'ils ont fait, mais qui peut-être naît d'une réserve si profonde que nous savons tous qu'il est impossible de se la concilier en faisant du charme, en plaisantant ou en rendant service. Elle se manifeste comme une qualité plus précieuse que la dignité et se lit sur les traits. En prison, les gardiens appelaient Hammett « monsieur » et, hors de prison, d'autres personnes étaient près d'en faire autant. Un soir durant les dernières années de sa vie, nous entrâmes dans un restaurant, passant devant un groupe de jeunes écrivains que je connaissais et lui pas. Nous nous arrêtâmes et je le présentai. Ces jeunes gens dans le vent se transformèrent soudain en charmants collégiens pleins de déférence et leurs visages redevinrent ce qu'ils avaient dû être quand ils avaient dix ans. Il me fallut tarabuster Hammett durant des années pour lui faire admettre qu'il savait très bien l'effet qu'il faisait sur tant de personnes. Puis il me raconta qu'à quatorze ans, travaillant pour la première fois de sa vie à la compagnie des chemins de fer Baltimore & Ohio, il était arrivé en retard tous les jours pendant une semaine. Son patron lui déclara qu'il était renvoyé. Hammett dit qu'il acquiesça, se dirigea vers la porte et fut rappelé par un homme très étonné qui lui proposa : « Si tu me donnes ta parole que ça ne se renouvellera pas, tu peux garder ta place. » Hammett répondit : « Merci, mais je ne peux pas faire ça. » Après un silence, l'autre reprit : « Bon, ça va. Garde-la quand même. » Dash disait qu'il ne savait pas en quoi résidait la vertu de son attitude, mais qu'il savait que cela lui serait toujours utile.

Quand *L'Introuvable* fut vendu à un magazine — la plupart des grandes revues en vogue avaient refusé le livre parce que trop audacieux, encore qu'il fût difficile de comprendre ce qu'ils entendaient par là — nous quittâmes rapidement New York. Après quelques semaines de cuite à Miami, nous partîmes pour un camp de pêche rudimentaire dans les keys où nous restâmes le printemps et l'été, pêchant tous les jours et lisant toutes les nuits. Ce fut une très bonne année : nous découvrîmes que nous nous entendions beaucoup mieux sans personne, perdus en pleine nature. Hammett, comme tant de gens du Sud, avait un goût prononcé pour les coins isolés où il y avait des bêtes, des oiseaux, des insectes, des bruits naturels. Il se sentait bien dans les bois, était bon fusil et, plus tard, quand j'achetai une ferme, il passait les journées d'automne en forêt d'où il revenait avec des oiseaux, ou des lapins et, après la fermeture de la chasse, l'hiver, restait souvent assis sur un pliant dans les bois à observer les écureuils, les castors et les biches, ou encore pêchait au lac en cassant la glace. Comme la plupart des sportifs de son espèce, il poussait jusqu'à l'obsession l'ordre en ce qui concernait son matériel et le désordre en ce qui concernait la maison. Ce qui, dans la journée suscitait son intérêt, continuait à le susciter le soir; il lisait par exemple *Les Abeilles, leur vision, leur langage* ou *Les Fabricants de fusils en Allemagne au* XVIIe *siècle,* ou encore un livre sur l'art de faire des nœuds, sur les oiseaux terrestres, puis il abandonnait tel de ces livres pour un autre selon le sujet qu'il avait décidé d'étudier. Il me serait impossible aujourd'hui de me souvenir de tout ce qu'il voulait apprendre mais je me souviens d'une longue année d'étude sur la rétine de l'œil; comment jouer de tête aux échecs; les légendes d'Islande; les mœurs de la tortue d'eau douce; un aide-ouïe — il avait acheté un très bon appareil — faciliterait-il la détection des bruits émis par les oiseaux; puis, de Hegel, naturellement, il passait tout droit à Marx et Engels;

à la vie des espèces sur le rivage atlantique; et finalement, pour le reste de sa vie, aux mathématiques. Il s'intéressait plus aux mathématiques qu'à toute autre chose, le base-ball excepté; en suivant les matches à la télévision ou à la radio, il me marmonnait des explications à propos des parties et des joueurs, moi qui ne savais même pas la différence entre une balle et une batte. Souvent je lui demandais d'arrêter, alors il secouait la tête et disait : « Moi qui ai toujours rêvé d'une femme docile, regarde sur quoi je suis tombé! » et nous discutions de la docilité, comme si c'était une bien modeste exigence de la part d'un homme et il affirmait que seuls les hommes bouffis de vanité ou névrosés éprouvaient le besoin de rechercher des « types » de femmes — les autres prenaient ce qu'ils trouvaient.

La lecture au petit bonheur, le choix de n'importe quel livre, contribuaient à enrichir un esprit remarquable, lucide, précis, respectueux des faits. Il conçut une aversion aussi solide que durable pour un homme qui affirmait avec insistance que le maquereau était apparenté au hareng et, un jour, il quitta mon salon pendant qu'un écrivain célèbre parlait sans en savoir grand-chose de l'existentialisme; il refusa de descendre dîner avec cet écrivain car, disait-il, « cet homme est la plus grande perte de temps depuis l'invention du mah-jong. Les menteurs sont des raseurs. » Un voisin sonna un jour à la porte pour lui demander comment on pourrait arrêter une fuite dans une piscine et il le savait; le fils de mon fermier lui demanda comment faire un piège pour attraper les tortues d'eau et il le savait; né au Maryland, d'origine catholique (mais ayant depuis longtemps rompu avec l'église), il en savait plus long que moi sur le judaïsme et plus sur la musique, la cuisine et l'architecture de La Nouvelle-Orléans que mon père qui avait grandi là-bas.

Un jour, voulant m'informer sur la fabrication des tout premiers carreaux de verre pour les fenêtres, je me préparais à consulter l'encyclopédie, mais Hammett me renseigna avant que je l'eusse ouverte; il connaissait les diverses espèces d'algues, durant quatre semaines, il étudia la pollination croisée du maïs et pendant de très nombreux mois, la physique du plasma. C'était là plus que de simples lectures, il s'agissait vraiment d'un homme au travail. N'importe quel livre ou presque faisait l'affaire — il était pris d'une pointilleuse impatience quand je lisais des lettres ou des ouvrages de critique et s'y référait comme « mes livres de faix », tout juste bons à maintenir l'équilibre en montant l'escalier pour aller se coucher.

Il me sembla toujours étrange qu'il aimât tant les livres et s'intéressât si peu aux hommes qui les écrivaient. (Il y avait, bien sûr, des exceptions; il aimait Faulkner et nous passions de bonnes soirées à boire ensemble pendant les séjours de Faulkner à New York au cours des années 30.) Il serait même plus précis de dire qu'il se plaisait avec d'autres écrivains quand ils parlaient de livres et les quittait dans le cas contraire. Mais il était profondément touché par la peinture — il s'essaya lui-même à peindre jusqu'à l'été où il ne fut plus capable de tenir debout devant un chevalet et la toute dernière promenade à pied que nous fîmes nous mena au Metropolitan Museum — et par la musique. Mais je ne me souviens pas qu'il ait jamais aimé un peintre ou un musicien. Je me souviens, en revanche, de lui avoir entendu dire qu'à son avis ils étaient tous des paons. Il ne manquait jamais de charité envers les petites gens, il était souvent trop impatient avec les célébrités.

Bien des hommes, certes, sont heureux à l'Armée, mais jusqu'à la Deuxième Guerre mondiale, je n'en avais jamais connu et ne le souhaitais pas. Je fus, par conséquent, atterrée en constatant que Hammett était du nombre. J'ignore pourquoi un homme excentrique qui, plus que la plupart des Américains, vivait selon des critères bien personnels, trouvait les restrictions, la discipline et le pénible labeur d'un simple soldat si agréables et distrayants. Peut-être une existence régie par d'autres lui apportait-elle la solution de certains problèmes, offrait-elle un point de chute à un homme qui, de lui-même, était incapable d'aller au-devant des gens, entretenait-elle en lui un sentiment de fierté à l'idée qu'un homme de quarante-huit ans pût se montrer l'égal de garçons qui avaient la moitié de son âge; peut-être était-ce tout cela; peut-être simplement aimait-il son pays et estimait-il que cette guerre devait être faite. Quelles que fussent les raisons de Hammett, les épreuves des îles Aléoutiennes n'en furent pas pour lui. Je possède de nombreuses lettres décrivant leur beauté et, pendant des années, il parla de retourner les voir. Il suivit là-bas un stage d'entraînement et dirigea la publication d'un très bon journal militaire; la mise en pages était claire, les nouvelles précises, les plaisanteries drôles. Il devint un personnage quasi légendaire dans le secteur militaire Alaska-Aléoutiennes. J'ai parlé à bien des hommes qui ont servi avec lui et je conserve la lettre de l'un d'entre eux.

J'étais un gosse, à l'époque. Nous en étions tous. Le coin était affreux, mais il y avait Hammett, quand je suis arrivé là-bas; certains l'appelaient Papa, d'autres Pépé; il était le patron du journal, avec une grosse influence sur nous tous; dans un sens, je crois qu'il nous faisait plus peur que le colonel, et encore, il devait faire peur au colonel aussi... Je me souviens très bien qu'un jour, on était rentré dans notre baraquement en gueulant et en se plaignant, et il était là, en train de lire, couché sur son bat-flanc. Alors il a levé les yeux, il a souri et on l'a tous bouclée. Personne ne voulait s'approcher de son lit ou le déranger. S'il apprenait qu'on avait besoin d'aide ou d'argent, il arrivait tout de suite. Il a tout payé pour la permission et le mariage d'un des gars. Comme un autre avait récolté une ardoise affolante dans un bar à Nome, il a donné au type qui nettoyait les toilettes à Nome l'argent pour tout régler et dire que la note était à son compte au cas où l'Armée poserait la question... Une flopée de gars faisaient plus que se plaindre... Ils devenaient à moitié dingues. Et pourquoi pas? On avait le pire des temps dans le plus sinistre des trous, aucun combat en perspective, des coups de bise incessants quand on allait aux feuillées en rampant parce que, si on se redressait, on risquait d'être expédié par le vent en Sibérie, avec au programme des réjouissances un mélange d'Olivia de Haviland à l'écran et d'enregistrements de W.H. Auden. Mais le plus gros souci, c'étaient les femmes. Au bout d'un an passé là-bas, toutes sortes de rumeurs circulaient sur l'effet que ça nous avait fait d'en être privés. Je me souviens de palabres dans notre baraque à propos des dangers du célibat. Hammett écoutait un moment, souriait, se remettait à lire ou, quand la discussion devenait trop bruyante, il soupirait et s'endormait. (A cause du journal, il commençait son travail vers deux heures du matin.) Une nuit que la séance faisait un raffut terrible, et qu'un gosse gueulait comme un putois, Hammett s'est levé de sa couchette pour aller travailler. Le gosse a braillé : « Qu'est-ce que t'en penses, Papa? Dis quelque chose! — *D'accord, a répondu Hammett, une femme ce serait bien agréable, mais d'en être privé ne vous fait pas tomber les dents ou les cheveux, et, si vous devenez cinglés, c'est que vous le seriez devenus, de toute façon, et si vous autres, gamins, n'arrêtez pas ce cirque, moi, je déménage dans une autre baraque. A part ça, sous mon lit, il y a une bouteille de scotch, alors buvez un coup et tâchez de roupiller. » Là-dessus, il est sorti pour aller à son boulot. Nous avons tous eu si peur de le perdre que nous n'avons plus jamais parlé comme ça devant lui.*

Mais, comme je l'ai dit, les années qui suivirent la guerre, de 1945 à 1948, ne furent pas de bonnes années. Ses abus de boisson se firent plus excessifs et prirent un caractère absurde, aveugle que je n'avais pas connu jusque-là. Je sus alors que je devais m'en aller de mon côté. Je ne veux pas dire que nous étions séparés, mais simplement que nous nous voyions moins souvent, que nous étions moins proches l'un de l'autre. Pourtant, même durant ces années-là nous passâmes encore à la ferme des journées d'automne merveilleuses à chasser, faire des pâtés d'écureuil ou des saucisses, sans compter tous les livres qu'il lisait pendant que j'essayais d'écrire une pièce. Je le vois encore maintenant se levant pour aller mettre une bûche sur le feu et venir me secouer. Il jurait que je disais toujours : « Je ne dormais pas; je réfléchissais. » Alors il riait et déclarait : « Bien sûr. Il y a une heure que tu dors, mais des tas de gens réfléchissent mieux quand ils sont endormis et tu en fais partie. »

En 1952, je dus vendre la ferme. J'allai m'installer à New York et Dash loua une petite maison à Katonah. J'allais le voir une fois par semaine, il venait une fois par semaine à New York et nous nous parlions au téléphone tous les jours. Mais il voulait être seul — ou du moins le pensais-je alors — mais je n'en suis plus si sûre maintenant, car j'ai appris que les hommes fiers qui sont incapables de demander quoi que ce soit peuvent être des personnages remarquables dans la vie et les romans, mais sont difficiles à vivre et à comprendre. En tout cas, au fil des années, il se mua en ermite et son affreuse petite maison de campagne devint de plus en plus laide, avec les livres empilés sur tous les sièges, pas un endroit où s'asseoir et trente centimètres de courrier resté sans réponse empilé sur la table. Les signes de la maladie se multipliaient autour de lui; c'était le phonographe qui ne tournait plus, la machine à écrire inutilisée, les gadgets absurdes qu'il aimait tant abandonnés dans leurs paquets intacts. Quand j'arrivais pour mes visites hebdomadaires, nous ne parlions guère et quand c'était lui qui venait pour ses visites hebdomadaires, il était exténué par ce court trajet.

Peut-être me fallut-il trop longtemps pour me rendre compte qu'il ne pouvait plus vivre seul et, même après l'avoir compris, je ne savais pas comment le formuler. Un jour, tout de suite après qu'il m'eut fait promettre de ne plus lire Lil'Abner, comme je riais de la véhémence de son ton, il parut brusquement embarrassé — il avait toujours l'air embarrassé quand il avait une confidence personnelle à faire — et il me dit : « Je ne peux plus vivre seul. Je baisse de plus en plus. Je vais entrer dans un hôpital d'anciens combattants. Ce sera parfait. On se verra tout le temps et je ne veux pas que tu verses de larmes. » Mais je versai des larmes, deux jours durant, et finalement il consentit à venir s'installer dans mon appartement. (Même maintenant, tandis que j'écris, je suis encore à la fois irritée et amusée en songeant que tout devait toujours se plier à ses conditions; il y a quelques minutes, je me suis levée de ma machine pour le vitupérer à ce propos, comme s'il pouvait encore m'entendre. J'en sais toujours aussi peu sur la nature de l'amour romantique que lorsque j'avais dix-huit ans, mais je connais bien ce plaisir profond né de l'intérêt qui ne se dément pas, l'excitation qu'engendre le désir de savoir ce que l'autre pense, fera, ne fera pas, les tours joués et déjoués, le lien ténu qui se mue en cordage avec les années et qui, dans mon cas, reste là, suspendu dans le vide, longtemps après la mort. Je ne sais pas trop ce que Hammett penserait du reste de ces notes qui le concernent, mais je suis certaine que, dans sa malignité, il serait ravi de me voir fâchée contre lui aujourd'hui.) Ainsi passa-t-il ses quatre dernières années avec moi. Pendant tout ce temps, il y eut des moments difficiles et certains très pénibles, mais c'était un plaisir inexprimé de penser qu'après avoir vécu auparavant tant d'années ensemble, tant détruit et si peu réparé, nous avions tenu bon. Parfois, je déplorais cette extrême réserve, de règle entre nous et dont nous sortions si rarement, et pressentant que la mort n'était pas loin, je tentais d'obtenir une sorte de gage qui me resterait par la suite. Un jour, je lui dis : « Nous nous en sommes bien tirés, tous les deux, n'est-ce pas? — Bien est un grand mot pour moi, répondit-il. Pourquoi ne pas dire simplement que nous nous en sommes mieux tirés que la plupart des autres? »

La veille du Nouvel An 1960, je laissai Hammett aux soins d'une infirmière efficace et compréhensive pour aller passer quelques heures avec des amis. Je quittai leur maison à minuit et demi, ignorant que l'infirmière avait commencé à m'appeler quelques minutes après. Comme j'entrai dans la chambre d'Hammett, je le trouvai assis à sa table, le visage aussi éveillé, aussi animé qu'à l'époque où il buvait. Sur ses genoux était posé un lourd volume d'estampes japonaises qu'il avait acheté et beaucoup apprécié bien des années avant. Montrant du doigt une estampe, il disait à l'infirmière : « Regardez-moi ça, mon chou, c'est merveilleux! » Je m'approchai de lui et l'infirmière fit mine de s'écarter, mais il lui prit la main et la baisa, avec les mêmes manières charmantes et enjôleuses que dans sa jeunesse, tout en levant la tête pour me faire un clin d'œil. Le livre était posé à l'envers, si bien que l'infirmière n'avait pas besoin de murmurer le mot « irrationnel ». *A dater de ce jour-là* (nous le conduisîmes à l'hôpital le lendemain matin), je n'ai jamais su et ne saurai jamais ce que signifie le mot « irrationnel ». Hammett refusait toute forme de soins, toute assistance des infirmières ou des médecins avec une sorte d'inébranlable et de mystérieuse lassitude. Avant la nuit du livre placé à l'envers, nous avions projeté de partir pour Cambridge, car j'avais un contrat d'enseignement à Harvard. Un livre à l'envers aurait dû m'avertir que la fin était proche, mais je ne voulais pas l'admettre, aussi me rendis-je en avion à Cambridge où je trouvai une maison de santé pour Dash à qui j'en parlai le soir même, à mon retour. « Mais comment irons-nous à Boston? » demanda-t-il. Je lui répondis que nous prendrions une ambulance et je crois que pour la première fois de sa vie, il répondit : « Ça va coûter trop cher. — Si c'est le cas, repris-je, nous prendrons une carriole bâchée. » Il sourit et observa : « C'est peut-être toujours de cette façon-là que nous aurions dû voyager, après tout. » Je me sentis alors moins inquiète, certaine d'une rémission. J'avais tort. Avant six heures le lendemain matin, je reçus un appel de l'hôpital. Hammett était entré dans le coma. Tandis que du seuil de la chambre je me précipitais vers son lit, il donna un dernier signe de vie : ses yeux s'ouvrirent avec une expression de surprise choquée et il essaya de lever la tête. Mais il ne devait plus reprendre conscience et mourut deux jours après.

Lillian Hellman.

FIN

DU MÊME AUTEUR

Aux Éditions Gallimard

Dans la collection Carré Noir

LA CLÉ DE VERRE, *n° 97*

LE FAUCON MALTAIS, *n° 116*

L'INTROUVABLE, *n° 246*

LA MOISSON ROUGE, *n° 309*

SANG MAUDIT, *n° 318*

LE GRAND BRAQUAGE, *n° 336*

LE SAC DE COUFFIGNAL, *n° 346*

LE DIXIÈME INDICE ET AUTRES ENQUÊTES DU « CONTINENTAL OP », *n° 366*

Impression Bussière à Saint-Amand (Cher),
le 26 décembre 1983.
Dépôt légal : décembre 1983.
1er dépôt légal dans la collection : avril 1980.
Numéro d'imprimeur : 2782.
ISBN 2-07-043343-9. / Imprimé en France.